小説 ほしのこえ

新海 誠＝原作
大場 惑＝著

角川文庫
20045

小説 ほしのこえ　目次

2046年7月	放課後	二
2047年4月	火星基地	三七
2047年4月	城北高校	六一
2047年8月	冥王星	八三
2048年9月	階段上	一〇七
2047年9月	シリウス	一三三
2048年9月	昇自室	一五一
2056年3月	防衛大学生寮	一七四

2047年9月　アガルタ

2056年3月　さいたま航宙自衛隊基地　　　　　　　　　一五五

2047年9月　リシテア　　　　　　　　　　　　　　　　一七五

2056年4月　救助艦　　　　　　　　　　　　　　　　　一八一

2056年4月　シリウスラインα　　　　　　　　　一八九

2056年5月　階段上　　　　　　　　　　　　　　　　　二〇一

「ほしのこえ」が届くまで　　　　　新海　誠　　　　　二〇七

あとがき　　　　　　　　　　　　　大場　惑　　　　　二二七

　　　　　　　　　　　　　　　　　　　　　　　　　　二三一

小説 ほしのこえ

わたしはね　懐かしいものがたくさんあるんだ

たとえば夏の雲とか　冷たい雨とか

秋の風の匂いとか　春の土のやわらかさとか

夜中のコンビニの安心する感じとか

放課後のひんやりとした空気とか

黒板消しの匂いとか

夜中のトラックの遠くの音とか

ノボルくん　そういうものをね　わたしは

ずっとずっといっしょに

感じていたいって思っていたよ

他人から見ればつまらない物でも、本人には大切な物ってあると思う。

いいかげん捨ててしまえばいいじゃないかってくらいに使い込んでいて、へたしたらとっくに現役引退しているような代物でも、本人にしてみれば捨てがたい思い出がいっぱい詰まっている、他に代えがたい唯一無二の宝物。

ぼくの場合、この古びた携帯電話がその大切な宝物で、十数年前のモデルでたぶんもう、現役で使ってる人は日本中どこを探してもいないんじゃないかと思う。耐用年数をとっくに超してしまっていることは間違いない。

ここ二年くらいは使った記憶がなくて、使えるかどうかもあやしい。いまはただのお守りがわりに持ち歩いている。使う必要がなくなったからだ。だけどこの携帯、かつては信じられないくらい遠い場所から発信された、大切な人からのメールを、何通も何通も受け取ってくれた。詰まっているのは、その大切な人とのほろ苦くやるせない思い出だ。

ぼくは寺尾昇、二十七歳、通信技師。宇宙で働いている。

2046年7月　放課後

その日の長峰がいつもと違っていたことに、ぼくはまったく気づかなかった。

いや、弁解めいて聞こえてしまうかもしれないけど、少なくとも放課後いつもの場所、階段の踊り場でいつものようにぼくを待ち伏せしていた長峰の様子に、これといって変わった様子は感じられなかった。

そう、後になって思ったことだけど、いつもより微妙にテンションが高かったかもしれない。

長峰美加子はどちらかというとおっとりとした性格の子で、背丈は小さいほうだし、クラスの女子の中でも一、二を争うような美人ってわけでもないし、あまり目立たない存在だ。だけど、見かけと違って芯の強い子だってことは、同じ剣道部に籍をおいてまるまる二年ちょっと、間近に稽古ぶりを見守ってきたぼくが、誰よりもよーく知っている。

覚えはそんなによくなかったけど、誰より稽古熱心で知らない間に腕を上げていた。仲間の女子が辛い稽古と冬場の体育館の冷凍庫並みに冷え切った床に音をあげて、二年の春を待たずにぼろぼろと辞めていったというのに、長峰は弱音ひとつ吐かずにが

13 ２０４６年7月　放課後

んばり通した。

そのかいあって二年の二学期から副部長を務めることになった。できれば他の部員に押しつけたかったものの、顧問のご指名でしぶしぶ部長職を引き受けてしまったぼくなんかよりも、本来なら長峰のほうが高く評価されるべきだった。

副部長とは名ばかりで、長峰は実質男子部員のマネージャー的役回りとして裏方に徹することになった。なにしろ女子の部員で最後まで残ったのは長峰ひとりで、新人を加えても団体戦にエントリーできるだけの頭数が揃わなかったために、公式戦で彼女の腕前が発揮されることは一度もなかったのだ。

貧乏くじを引いてしまった長峰には申し訳なく思っている。「ふざけんな！　自分たちでやんなさいよ！」ってマジギレして大量の汗臭い洗濯物をブン投げ、ぼくに退部届けを叩きつけてぷいといなくなっていても不思議じゃなかったのに、長峰は不平ひとつもらさず剣道部のためにがんばってくれた。

そんなわけで、口に出していったことはないけど長峰には感謝している。ほんとに感謝している。口に出していったことがないのは、面と向かっていうのは照れくさいし、いざ長峰とふたりっきりになると、そういうまじめくさい話はもうどうでもよくなってしまうからだ。

長峰とは難しい話はしない。その日学校であったこと、きのう見たドラマのことだとか、そうしたたわいもない話を、もっぱらぼくが聞き役になって一方的に聞かされている。だけど、苦痛というわけではない。ほかの女子がどうだかはよくわからないけど、たぶん長峰はそうおしゃべりなほうじゃないと思う。むしろ無口なほうかもしれない。でなけりゃ、長峰の待ち伏せに毎度まいど間抜け面してとっ捕まってはいなかったはずだ。

そう、その日の長峰は、どちらかというといつもより饒舌（じょうぜつ）だったかもしれない。そのくせ、なにからぼくの関心を逸らそうとでもするかのようにおちつきなく、ころころと目まぐるしく話題をスキップさせた。

午後の日差しが、開け放たれた窓から容赦なく降り注ぐ踊り場の壁に、すこしもたれかかるようにして長峰は、英語の補習授業を終えへろへろに疲れきって降りてくるぼくを待っていた。

「ノボルくん、期末試験どうだった？」

弾んだ声で長峰はそう聞いた。

「補習科目以外はなんとかね……。長峰は？」

「長峰はバッチリだったよ」

「じゃあ、行けるかな？」

「いっしょの高校」

うれしそうにそういった後、長峰は「あっ、きっと……」と自信なげにつけくわえた。

それはてっきりぼくを気遣ってかけた言葉だろうって勝手に解釈して、ちょっとむっとこないでもなかったけれど聞き流すことにした。

当たり外れの波が激しいぼくと違って、長峰の成績は安定している。目を見張るほどの好成績ってこともないけど、大崩れすることはめったにない。部活で忙しかったんだから、そうそう勉強している暇はなかったはずだけど、ああ見えてここぞというときの集中力は抜群なのかもしれない。

この調子を崩さなければ、長峰ならお目当ての城北高校にすんなり合格できるんじゃないかと思う。いっしょの高校に行くには、こっちが背伸びしなければならない。

ほんとうのところ、ちょっと焦っている。

長峰と連れ立って階段を降り、校舎裏の自転車置き場へ向かう。

途中ぼくは、高校生になった長峰の制服姿を想像していた。城北高校は成績でいくと校区内で二番手くらいにつけてる進学校だが、知名度って点でいえばピカイチの伝

統を誇っている由緒正しき高校で、たしか創立百五十周年を二、三年前に迎えている
はずだ。

だから校舎から校則からなにもかにもが古い。制服も例外にあらずで、いつからそ
うと決まっていたのかは定かではないが、男子のガクラン、女子のセーラー服を二十
一世紀も折り返し地点間近だというのに頑なに守り通している。もっともなにもかに
もが古いままなのは古株の城北高に限ったことじゃない。例のタルシアン・ショック
の余波がいまだに尾を引いているせいだ……。

いや、タルシアン・ショックのことはどうだっていい。

ものごころついたときから世の中は、そういう体制になってしまっていたのだから。

地方と国家の予算のあらかたは、タルシアン関連にごっそりもっていかれて、公共
事業に回せるのはほんの微々たる補修費くらい。道路も橋も鉄道もバス路線も、学校
も病院も交番も消防署も、まるっきりむかしのまんまの姿。時が止まってしまったか
のようにここ五、六年町並みに変化がない。いわゆる、国家総動員体制下に置かれて
いるからなんだろうけど、それが長期化しあたりまえになってしまうと、たいした不
自由も感じずにすんでしまうのだ。

また話は横道に逸れてしまった。

17　２０４６年７月　放課後

問題は長峰のセーラー服姿だ。

長峰に似合うだろうか？

うまく想像できなかった。

一年後、十五歳の長峰。背はちゃんと伸びているだろうか？

それとも、いまみたいにちっちゃいままだろうか？

自転車通学が認められているのは、遠隔の一部の区域の生徒と朝練やってる部員に限られている。

だからルールどおりだと、ぼくはもう乗ってきちゃいけないことになるんだけど、かまわず使っている。そのへん長峰は生まじめっていうか、融通がきかない。副部長職を後輩に引き継いだ次の日から、すぐさま徒歩通学に切り替えた。おかげで長峰と帰るときには長峰に合わせ自転車は押していくしかない。乗せてやるよっていっても、学校の近くじゃ絶対に乗ろうとしない。

長峰の歩調に合わせだらだらとどうでもいいような話をしながら、おまけに寄り道までして帰る。一分一秒が貴重な受験生にとって、とんでもない無駄をしていることになるんだけど、その無駄をけっこう楽しんでいる。

自転車を押して校庭に出た。

グランドでは、サッカー部員たちが喚声をあげながらボールを追っている。日は傾きかけているというのに、熱気は衰えを知らない。乾ききった地面から陽炎が立ち上り、サッカー部員たちを包み込んでいる。

熱気の渦に取り込まれて、溶けかかったチーズのようにプレーしている選手全体がどろりと歪んで見える。俊敏な動きをしているはずが、まるでスローモーション画面を見ているように緩慢に感じられた。

ぼくらまでチーズにされてしまいそうで、熱気を避けて校庭脇の植え込みの木陰を選んで校門へ向かった。しきりと長峰が話しかけてくる。だけど長峰の声も熱気で溶けたようになってぼくの耳に届く前に言葉としての体を失ってしまう。

この耐え難い暑さなんかまったく気にもとめていないかのように淀みなく話しかけてくる長峰に、ぼくはやっとの思いで生返事を挟んでいた。すると、長峰の声ともサッカー部員たちの喚声とも明らかに違う音域の音が鼓膜に鳴り響いてきた。

体全体を震わすような、重く低い音。

音は天から降り注ぎ、大地を揺るがしている。ボールを追うサッカー部員たちの足が止まり、誰からともなく上空を見上げる。

「おっ！」

つられて空を見上げたぼくは、ちょっと間延びした声をあげてしまった。

それは、抜けるような青空にぽっかり浮かぶ、ちっぽけなはぐれ雲のように見えた。

「宇宙船……」

長峰も気づいてまぶしそうに空を見上げていた。

恒星間宇宙戦艦

「コスモナート・リシテア号……。国連宇宙軍の新鋭艦……」

真っ白でつるつるとしていて、優美な曲線にかたどられたその外観は、鋼鉄の構造物というより、しなやかな海の生き物を思わせた。

亜光速航行を可能にした夢の宇宙船が、大気圏内を自慢げにのっそりと、優雅に飛行している。

クルー募集キャンペーンの一環として、リシテア号が日本にやってきたってニュースが流れたのは二、三週間前。とはいっても、どこかの航宙自衛隊基地に寄港したまま、メディアにお披露目されずにいたリシテア号を、なんの前触れもなしに生で目にすることになったんだから、正直いって驚いた。

たぶん、選考会は基地内で行われたんじゃないだろうか？

実物を目にすることで、志願者の意欲と士気もいっそう高まるってわけだろう。た

だし、よくわからないのが、一般公募ってふれこみながら、応募方法も選考基準も一切明らかにされていないということ。選抜メンバーについて唯一ぼくが知っている情報といえば、日本人枠くらい。たしか、募集枠千人のうち、タルシアン・プロジェクトへの出資額に比例配分して、二百二十人を日本人クルーが占めるって話だった。

「リシテア号が飛んでるってことは、もうメンバーの選考が終わったのかな？」

リシテア号のことは、とりわけクラスの男子の間でも話題になっていた。

ただ単にその雄姿に惹かれて、とにかく乗れるものならと、本気で応募を考えているやつも数人いた。いくら選考基準が明らかにされていないとはいっても、誰がどう考えたって中学生までその範疇に入っているなんて、ありえないのに。

でもまあ、血気盛んな中学生にとって、宇宙船乗りはたしかにあこがれだし、国家の威信を背負って晴れてメンバーに選出されるってことは、とびっきり名誉なことだ。それに加えて待遇面でも、人気アイドル並みの年俸が保証されてるって、まことしやかな噂まで流れてるくらいだから、志願者が殺到しても不思議はないかもしれない。

だけど、なんで一般公募なんかするんだろう？

千人規模の探査隊っていったって、国連宇宙軍各編制国の自前の宇宙軍からスペシャリストを供出すれば、それくらいすぐにでも達成できる数字じゃないだろうか。

まあ、タルシアン関連のプロジェクトに関しては多かれ少なかれ謎だらけで、一中学生が疑問を挟んでみたって、なんの答えが得られるわけでもないのはわかってるけど……。

「ざっと計算して、各県から四、五人選ばれるってことかな。ひょっとしたら、この町からも、ひとりくらい選ばれたかなあ……」

そのひとりになることが、ラッキーなのかアンラッキーなのか、正直いってぼくにはわからない。

長峰を振り返ると、「うん」と肯定とも否定ともつかない曖昧な返事をしてうつむいてしまった。

「ああ、長峰。興味ないよな。こんな話」

気まずい雰囲気がたちこめそうになるのを敏感に察知して、ぼくは取り繕うように口早に話題を切り替えた。

「いつものコンビニ寄ってく?」

「うん、寄ってく」

校門を出て、しばらくはちぐはぐな感じの会話が続いた。

あえてリステア号のことには触れまいと、ぼくは空を仰ぎ見ないようにして進む。

JRの踏み切りのところで遮断機につかまってしまった。どこからともなく聞こえてくる蝉時雨。それに遮断機の立てるカンカンという甲高い音が重なる。

暑さをいっそう倍加させる神経に障る音たちの競演。いや、もうひとつあった。頭上からのしかかってくる重低音。見上げようとしたところで通過するコンテナ列車が視界を遮った。ゴトンゴトン、ゴトンゴトン。再び開けた視界の真正面にリシテア号がいた。さっきよりぐんと高度を下げている。どれくらいの高度を飛んでいるんだろう。距離感がつかめない。それでもまだかなりな高さを飛んでいるのだろう、大きくなったとはいっても、まだペンケースくらいにしか見えない。

高度を上げ下げしてるってことは訓練飛行だろうか？

選抜メンバーを各地で拾いつつ、全国行脚を行っているんだろうか？

「行こう」

長峰がシャツの袖を引っぱった。

遮断機はとっくに上がり、警報は鳴り止んでいた。

放課後の寄り道っていったって、中学生の行動範囲だからたかが知れてる。部活帰りの空腹をちょっぴり満たしてくれるコンビニも、ぼくら中学生にとっての

数少ない聖地のひとつだった。いつもの時間帯、いつものコンビニ。レジ前にできる見知った顔の行列。そしてにぎやかなしゃべり声。だけど、部活を辞めたとたんに、その喧騒がうっとうしくなってしまった。だから、ぼくらはあえて通学路からちょっと外れたコンビニに寄り道するようになった。

下校時間をとっくに過ぎてはいるけど、まだ部活が終わるには間があるといった微妙な時間帯。お客そのものが少なくひっそりと静かで、見知った顔と出くわすこともない。ちょっと後ろめたいような秘密めいた解放感がたまらなく心地よかった。

そこでぼくらはおもむろに店内を一巡し、コミック雑誌を立ち読みしてひと呼吸置き、さらにもう一巡し慎重に品選びしてお目当ての商品をゲットする。もっとも部活を辞めて腹ペコ状態から脱してしまったぼくらが選ぶのは、たいてい冷えたジュース一缶とかいった、つつましやかなものでしかない。

「どこ行こう?」

コンビニを出て空を見上げた。ほんの短い間にリシテア号は姿を消していた。かわりに黒い雲が低くたれこめて空を覆いはじめていた。

「バス停行こうか?」

「うん、行こう」

ぼくらが目指したのは、「階段上」っていうバス停。

途中雲行きはいよいよ怪しくなり、急に夜がやってきたかのように周囲が暗くなったかと思うと、いきなり大粒の雨が降り落ちてきた。

「急ごう！」

乾ききって白っぽく粉を吹いたようになっていたアスファルトが、たちまち黒い点で覆われていく。夕立に打たれながら、ぼくらは全速力で駆けた。

「ぬれちゃったね」

休憩場所にバス停を選んだのは結果的に正解だった。バス停には待合い場所として、屋根つきの年季の入った小屋がついている。雨宿りにはうってつけの場所だ。

小屋に駆け込むと長峰は、くすっと笑ってベンチに座り、まだ息を荒らげたままぐしょぬれの靴と靴下を脱ぎはじめた。制服の短いスカートからはみ出ている女子の生足は見慣れていて免疫になっているはずなのに、指の先まで無防備にさらけだされた長峰の足を間近に目にするのははじめてのことで、ちょっとドキッとした。悲しくらいに白くてかわいそうなくらいに細かった。

小屋に先客はいなかった。ぼくらふたりが占有することになった。降り募る雨を無言で眺めながら、渇いた喉(のど)に冷たいジュースを流し込んだ。

25　２０４６年７月　放課後

たぶん、次のお客は来ないだろう。このバス停でいくら待ってもバスは来ない。な
にしろバス停といっても、数年前に路線は廃止になっている。バス会社が倒産したわ
けじゃないけど、経営の合理化だとかで、路線の見直しがはかられたからだ。けっこ
うショックだった。バスも通わなくなったなんて。ぼくらの町をけっこう都会のつも
りでいたのに。

バスは通らないのに、なぜだかバス停と小屋は残された。

撤去の費用さえ会社が惜しんだのか、道案内の格好の目印として近隣住民の要望を
入れた結果なのか、そのあたりはよくわからないが、昼間、集会所として猫たちに大
いに重宝がられているという噂を聞いたことがある。

どっちにしても、この小屋にいると、時が止まっているどころか、逆行しているん
じゃないだろうかって錯覚してしまう。ほんとうにここだけ、平成、いや昭和の後期
に逆戻りしてしまってるんじゃないだろうか？

「長峰、長峰は高校行っても剣道続けるんだろ？」

小止みになってきた雨を見つめながら、ぼくはそう聞いた。

「さあ、どうかな……」

「実力あるんだから、もったいないよ。続けないと」

「だけど、ミカコはノボルくんと違ってあんまり活躍できなかったし、剣道、もう、いいかなって……」

「だからよけいに続けてほしいんだ。城北高だと、剣道部しっかりしてるし、女子部員も大勢いるし、ぜったい活躍できるから……」

「わたし、べつに目立とうなんて思っていないから……。それに、中学の部活、ちゃんと楽しんでたから……」

「洗濯とかが……?」

「うん、洗濯とか応援とか。それより、ノボルくんは剣道続けるの?」

「もちろん」

「ふーん。そんなこといって、ほんとはわたしといっしょの部活に入りたいんでしょ」

いたずらっぽい目をして長峰はいった。

「おまえ、なにいってるんだよ」

半分当たってる。あわててぼくが言い繕うと、一本取ったって得意気な顔してうれしそうに笑った。

雨上がりの町は、生き返ったようにおだやかに呼吸していた。

27　２０４６年７月　放課後

長峰を後ろに乗せ、冷んやりとした空気を全身に受け、暮れゆく町をペダルをこいだ。

二人乗りを嫌がっていた長峰が、きょうに限ってためらいもなく後ろに乗ってくれた。

長峰は、いまどんな顔をしているだろう？　両肩にそっと乗せられた手から、長峰の体温が生乾きのシャツを通して微かに伝わってくる。

「空、きれいだね」

夕映えの空をぼくらは見上げた。

雲も高層マンションも電柱も、茜色に輝いていた。

見慣れているはずの風景が、まるで初めて来た場所みたいにぼくの目に新鮮に映った。できればこの美しい光景のまま、時が止まってくれればいいのにと、詩人にでもなった気分でふと思った。だけど、得がたい至福の時間はそう長くは続かなかった。

あの不快な重低音がまた、頭上からのしかかってきたのだ。

今度のは、いっそう強烈だった。髪の毛が逆立ち全身が粟立った。無視できずにブレーキをかけペダルを止め、リシテア号を探して上空を見回した。だけどどこにも白く優美な姿はない。

すると、頭上を背後から掠めるようにして、白い物体が視界を埋めて出現した。

超低空を、リシテア号は飛んでいたのだ。

「でけー！」

ばかみたいにポカンと口を大きく開け、およそなんの工夫もない言葉をぼくはもらしていた。それしか反応しようがなかった。

一瞬視界を埋め尽くしたかと思うと、猛スピードでリシテア号は前方へ飛び去っていく。去り際にリシテア号は左右に黒い物体を射出した。五体ずつ都合十の物体は、思い思いの航跡を描いて、リシテア号を追っていく。

「トレーサーだ！」

リシテア号に積載されたトレーサーは、人型をした有人探査機だ。その原型は、火星探査用に開発されたものだと聞いている。リシテアに積まれたトレーサーは、次世代型の最新鋭機だ。陸海空はもちろん、宇宙空間でだって自在に動き回れる万能マシンで、タルシアンの技術が随所に応用されてるって噂だ。

「ああ、やっぱりオペレーターの訓練が始まってるんだ」

長峰が身近にいることも忘れて、ぼくはトレーサーの軌跡に見とれてしまった。

まるっきし他人事に思えていた、火星調査隊の惨劇や、その後の一連のタルシア

ン・ショックやタルシアン探査隊や、そのメンバー選考のことが、にわかに現実味を
おびて感じられてきた。

リシテア号を追うようにしてまたペダルをこぎはじめたときだった。

「ノボルくん……」

長峰がぼくに身を寄せてきた。

髪の毛が首筋に触れ、長峰が顔を近づけてくるのがわかった。

耳元に息がかかり、長峰が次になにをいおうとしているのかと、ぼくは緊張した。

だけど、長峰の発した言葉はおよそぼくの想像したものとはかけ離れていた。

「わたしね、あれに乗るんだよ」

長峰の言葉の意味を把握するのに実際は五秒とかからなかったはずだけど、主観的
には二時間ばかし混乱していたように感じられた。

どういう順序で事態を正確に理解し事実として受け入れたのかよくは覚えていない
けど、「からかってるんだろ?」とか、最初は現実的な反応をしたはずだ。そんな冗
談みたいな話、信じろってほうが無理ってもんだ。

だって、長峰は中学生で女の子で、しかも知力体力的にとりたてて非凡な才能の持

ち主ってわけでもないのだから。どうして、平凡な女子中学生がトレーサー乗りなん

かに選ばれなきゃならないんだ？

そこらの選考過程について、長峰本人の説明はいまひとつ要領を得なかった。

「おまえ、志願したの？」ってストレートに聞いてみたけど、もちろんそんなはずは

なかった。六月の第一土曜だかに防衛省のエージェントだかが自宅を訪れ、両親を交

えて「是非選考テストを受けてほしい」と説得にかかったのだという。前後の状況か

ら判断すると、両親には先刻通知済みだったように思える。

でもって選考会場は航宙自衛隊広報部さいたま支部とやらで行われた。難しい知能

テストや体力測定が待ってるものと思いきや、面接官五人を前に簡単な面談がなされ

ただけで、選考テストはものの十分そこらで終わってしまった。「拍子抜けしちゃっ

た」と長峰は笑って教えてくれた。いや、笑える話じゃないだろ。

「他にはどんな人が受けに来てた？」

「その時間に来てたのはわたしひとりだった」って返事。

で、合格の通知はすぐさま舞い込んだ。

「ちょっと待ってくれ」と十秒くらいの考慮時間をもらって話を頭から整理し、ぼく

は聞いた。「それって、拒否権はなかったの？」長峰はきょとんとした顔で他人事の

ように答えた。「そんなこと考えもしなかった」。

有事法の特別条項として五年前に国会決議された「タルシアン特別法」によれば、「国家が関与するタルシアン関連のすべてのプロジェクトに関して、すべての国民には可能な限り協力する義務がある」ということになる。ああ、たしかに……。

法律を持ち出されては従うしかないのかもしれない。だけどぼくには納得がいかなかった。どう考えたって理不尽だ。事態が半分飲み込めてきたあたりで、だんだん腹が立ってきた。それは、ひとつには長峰がいままでぼくに内緒にしていたせいもある。

そんな重要な決定をぼくにはひとことの相談もなしに……。

「だって、守秘義務があるっていわれたんだもの。今後の選考作業の妨げになるから、入隊日まで誰にも口外しちゃダメだって、黒服のエージェントから念を押されたの」

長峰は悲しそうな目をしていった。入隊日はまだまだ先のことだったけど、秘密にしておけなかったから打ち明けたんだと。

「誰にもしゃべっちゃダメだよ。騒がれるの好きじゃないから……」親しい女の子の友達にもまだ内緒にしているらしい。ぼくだけ特別扱いってことだ。そのこと自体はうれしかったけど、長峰の今後のことを考えると、能天気に喜ぶ気分にはとてもなれなかった。

ばかみたいにあれこれ思いつくことを質問し、すっかり暗くなるころに長峰を自宅の高層マンションに送り届け、「とにかく、体に気をつけろよ」って神妙な顔していったら、「お別れっていうのはまだ先のことよ」って笑われてしまった。

当の本人はもう肝が据わってる感じだった。

長峰の住んでるマンションは超高層で、しかも、長峰の住居はほとんど最上階に近いところらしい。ぼくが送っていくのはエントランスの前までで、もちろん家に招き入れられたことは一度もない。よくよく考えてみれば、両親の顔も知らない。たしか、両親とも県庁に勤めてるって聞いたことがある。あと、ひとりっ子だってことくらいは知ってる。長峰とは、小学校は別だったし中学校でも三年になるまでクラスは別だった。考えてみれば、長峰のことは知っているようで実際知らないことだらけだ。

長峰のマンションからの帰り道、ぼくは長峰の両親の顔を知らないことを歯痒く思った。両親してどんな顔で長峰の入隊を受け止めたのか、想像がつかなかったからだ。それとも悲嘆にくれた顔で長峰を慰めたんだろうか？　笑顔で祝福したんだろうか？　それとも悲嘆にくれた顔で長峰を慰めたんだろうか？

その夜は考えることがいっぱいで、受験勉強が手につかないどころか、まったく寝

つけなかった。あしたどういう顔して長峰と教室で会えばいいのかわからなかった。どっちにしても夏休みまでは幾日もない。秘密を守り通すことはそう難しくないように思えた。

最終的に考えたことは、ぼくになにができるかってことだった。長峰にしてやれることってなんだろうって考えた。具体的になにをすればいいのか考えているうちに、長峰が入隊するタルシアン探査隊についての知識が、あまりに乏しいことに気づかされた。

学校の図書室で調べればいいって思ったけれど、あしたが待てなくって携帯の情報サービスサイトにアクセスして片っ端から関連情報をかき集めた。どこをどう検索しても、選考基準はわからない。わかったことは、タルシアン探査の旅に先立って、選抜メンバーの訓練が来春、火星基地で行われるってことだった。

火星！
あの長峰が火星へ！
ますます実感がわかなかった。
やっぱり担がれてるんじゃないかって思った。
でも、長峰は冗談いうようなタイプの子じゃない。きっと火星に行くんだろう。

で、火星行って、その先どこへ連れてかれるんだ？　そもそも、タルシアンって、どこから来たんだ？

もちろんわかってる。それがわからないから、それを知りたいから探査隊が組織されたってことは。だけど、あのタルシス遺跡調査隊の惨劇以来、タルシアンは地球はおろか火星にだって姿を現していないっていうのに、おせっかいにもあえて彼らの行方を探索する必要がどこにあるのだろう？

それに、どこにいるともしれない異星人を探す旅は、いつまで続くのだろう？　探査隊に駆り出された長峰は、いつ地球に帰ってこれるんだ？

昼間の長峰の言動のほんとの意味が、そのときになってひとつひとつ理解できた。

同じ高校に行けるどころか、ぼくが高校生になったころには、長峰ははるか宇宙の彼方にいるんだ。きっと宇宙には、高校もなければ剣道部もなければ、寄り道できるようなコンビニだってないんだろうなって、あたりまえのことに気づいた。

だけど、一生続く旅ってわけではない。長峰はきっとすぐに戻ってくるさ。

きっと、すぐに。

すぐっていつ？

高一の間に？

それとも？

どういう顔もなにも、寝不足の悲惨な顔で翌日登校することになった。

だけど意外なことに、教室に長峰の姿はなかった。その日長峰は欠席した。きのうの雨で風邪でもひいてしまったんじゃないかと心配になって、休み時間にメールを打った。だけど長峰からの返事は届かなかった。放課後またメールした。やっぱり返事はなかった。

その翌日が、一学期最後の日だった。

長峰の姿はやっぱりなかった。

帰りに長峰のマンションを訪ねてみようかとも思ったけど気がひけた。繰り返し何度打ってもメールに返事はない。なんだろ？　家族とお別れの旅行にでも出たんだろうか？

入隊日を聞いておくんだった。でも、いくらなんでも義務教育修了前、ってことはないだろう。まだ、二学期も三学期もある。焦ることはない。それまでにまだ何度だって会えるし、伝えておくべきことを伝えるチャンスもあるはずだ。

伝えておくべきこと？

元気でやれよって励ましの言葉？

部活で面倒かけたって感謝の言葉？

それとももっと別ななにか大切なこと？

とにかく、さよならの挨拶だけはしとかなきゃ。

それに、親しい仲間を呼んでのささやかな壮行会。

だけど、そうしたぼくの思惑は、ことごとく裏切られることになった。

長峰から久々のメールが届いたのは、夏休みが始まって五日目のこと。　発信場所は

月軌道上のリシテア号艦内からだった。

2047年4月

火星基地

──落ちついて、ミカコ。

まず、敵の発見。全方位に意識を集中。

死角になりやすい後方と頭上、及び足下につねに留意すること。

やってるわ。レクチャーどおり。それにシミュレーターで何度も経験済み。

本物のトレーサーでだって、月面で何度も訓練済み。基本的諸動作、体験済み。本物も贋物も、そんなに変わりない。だって、本物の中にいるいまだって、外を直接見てるんじゃなくて全方位スクリーンに映し出された映像を見てるだけだから。

だけど、ちょっと違うのは、本物ならではの加速感。いまだって、火星地上基地から急発進、急上昇したばっかり。眩暈がしそうなくらいのすごい加速感。

オペレート・ブースにも慣れた。ペダル操作と、腕の振りと、パネルに合わせた指先の動きも。

今回のはそんなに難しくないはず。敵は一機のみ、攻撃手段はミサイル弾のみ。敵の反撃なし、従って回避行動の必要なし。超簡単ってとこ。だけど、実戦じゃきっと

こうはいかないはずよね。もちろん、訓練もだんだんと難しい条件がついてレベルア

ップしてくるんだろうけど……。

でも、ミッション・メニューによれば、戦闘訓練ばっかり組まれてる。

これってなんか、おかしくない?

どうして? タルシアンと戦うことを想定して?

わかんない。いまは考えたってしょうがない。

与えられたこと、できることをやるだけ。

そう、いまやってることに集中しよう。

経過時間、百二十秒。……一、二、三。

もうそろそろ、射出されたターゲットが出現するはず。

あ! アラーム鳴った。

どこ、どこなの?

落ちついて。

あ! 見つけた!

ターゲット・ロック! ファイヤー!

……お願い、当たって!

トレーサーのバックパックから、ミサイルが続け様に射出された。

左右から二対、都合四基。一基の大きさはほんのコーヒー缶ほどしかないが、破壊力は抜群、運動性能も極めて高い。

ミカコの放ったミサイル四基は、演習用の白い模擬機めがけ、それぞれ異なった軌跡を描いて追尾していく。模擬機の機体は、エイを思わせる外見をしている。その形状と運動はタルシアン単体を擬して設計設定がなされたとされているが、実際のところタルシアン単体に関する情報は極めて限られている。

ミサイル四基が異なった動きをしているのは、標的の回避運動に対抗するためだ。標的をチームワークで追い込む追尾のフォーメーションには十数のパターンがあるが、どれを選ぶかはトレーサー乗りの経験と瞬時の判断に委ねられる。

ミカコは新米のオペレーター。しかも本物の弾を撃つのはこれがはじめてだ。初心者向きに標的の回避運動は単純化されてはいるが、一基でも命中すれば及第点。四基とも外した場合に備え、オペレーターはトレーサー本体での追尾も行わなければならない。

模擬機はブースターを噴かせ速度を上げ、直線に近い動きで振り切りにかかる。

散開していた四つのミサイルは、模擬機の描いた軌跡に吸い寄せられるようにして寄り集まり、ほぼ同一軌道上を列をなすようにして追従する。さらにその背後からミカコを乗せたトレーサーが遠隔追尾する。

追跡劇の背景には、赤茶けた乾いた大地。火星上空広範囲にわたる空域を、ミカコは独占している。はるか高高度からはコスモナートが見下ろし、地上からは訓練基地とその周辺で出番を待つ十数体のトレーサーが見上げて、ミカコの戦いぶりにいくつもの視線が注がれている。しかし、機内で奮闘しているミカコに、オペレーター仲間や教官の視線を気にしている余裕はなかった。

――お願い、当たって！

祈るような気持ちで、ミカコはスクリーンを注視する。

先頭を奔るミサイルが模擬機を捉えた。距離を一気に縮め背後から襲いかかる。

がしかし、命中するかに見えた刹那、模擬機は体をひらりとかわし、きわどいタイミングで初弾をやりすごした。

その回避パターンを読み取って、二基目はすぐさま軌道を変えた。大きく膨れ、標的の退路を断つべく鼻先に回り込もうとする。

模擬機は接近してきた二基目を避けようと、さらに軌道に修正を加え機体を横滑り

させる。その動きを予知していたかのように、三基目四基目が徒党を組んで躍りかか
る。

スクリーンを見つめていたミカコが大きな瞳を輝かせた。

——ほんとに？

エイのひれのように張り出した翼部分に、二基のミサイルは命中し貫通して星空め
がけて飛び去っていった。爆発は起こらない。弾頭は装填されていなかった。

「やった！　当たったのね」

ミカコは思わずひかえめな歓声をあげた。

ミッションの成功に高揚し頬を紅潮させている。

スクリーンに映し出された、トレーサーの外装カメラが捉えた映像と、その周辺に
張りつけられた機載コンピュータからの解析データや支援メッセージの表示は、何度
も繰り返したシミュレーターのそれとさほどの違いはなかったものの、やはり本物に
乗っているんだとの思いがミカコを熱くさせていた。

ミッション終了を告げる機載コンピュータの冷静沈着な声が流れる。

ミカコは唇をすぼめ、ふうと息を吐いた。

——戻らなくっちゃ。

次の訓練生が出番を待っている。速やかに訓練空域を明け渡さなければならない。立体画像として手元に浮かび上がるタッチパネルに指先を躍らせ、ミカコは訓練基地への帰還を命じた。制御ガスを胴体のあちこちから順次噴出させ方向転換をはかると、トレーサーは頭部を地表に向けスカイダイバーさながらに、ほとんど自由落下に任せて一直線に堕ちていった。

赤い大地と銀色に光る建造物が猛スピードで迫ってくる。

ミカコは淋しげな表情をしていた。

「シャンプー分けてくれる？」

間仕切りの半透明のビニールカーテンが揺れて、泡まみれの腕がミカコの目の前ににゅっと伸びてくる。

「えっ。　配給分、使っちゃったんですか？」

ミカコは使っていたシャワーを止め、隣を振り返った。

カーテンを透かして、ボディラインがおぼろげに浮かび上がる。

身長はさほど差がないものの、メリハリのついたその曲線が描く全体像に圧倒されるものを覚えた。

「だって、これっぽっちじゃ半分も洗えない。リシテアじゃ、贅沢いえないのわかってるけど、ここ、火星でしょ。水はふんだんに使えるはずよね。まったく、シャンプーくらいにケチることないのにね」

「ええ、それはそうだけど……。あっ。わたし、ショートだからそんなにいらないから」

チューブ入りのシャンプーを、ミカコは差し出された手に握らせた。

「ありがと」

半開きのカーテンの奥に手が引っ込む。シャワーがいったん止み、シャカシャカとシャンプーを泡立てる音がしてくる。

「使い切っちゃうよ」

「えっ。ええ」

そう返事するしかない。

「きょうの結果、どうだった?」

「三回とも命中」

「すごい。ひょっとして、二号機に乗ってなかった?」

「ええ」

「あたしなんか、居残り組。それもいちばん最後にどうにかクリア」

「それじゃ、十二号機の……?」

「ビンゴ!」

勢いよくカーテンが全開にされた。

「あたし、北條里美。この先思いやられるけど、よろしくね」

額の泡を手の甲でかきあげながら、挨拶してくる。

ミカコはとっさに胸を隠し、驚きの表情で隣人を見つめた。

「わたし、長峰美加子」

戸惑いをあらわに、掠れ声で挨拶する。

「中学生……?」

これ見よがしに豊かな胸を突き出し、サトミはじろじろと、ミカコにボディチェックを入れる。

「違います。この春、卒業してます。っていうか、式には出られなかったけど」

「あ、ほんとに。そうよね、急な召喚だったんでしょ。でも、出席日数足りたの?」

「足りてないけど、特例ってことで。でも、卒業っていっても記録上のことで、卒業証書ももらってないし、実感ないんです」

「ふーん。ひょっとして訓練生の中で最年少かもね？ ああ、ごめんごめん。あたし
は十七歳。ふたつ年上のお姉さんってとこ。あたしの場合は、自分から高校中退しち
ゃった。エージェントさんの話だと、休学扱いでも、卒業扱いでもどっちでもいいっ
てことだったけど、就職先決まったようなもんだから、べつに高卒の学歴なんて必要
ないかって」

サトミは甲高い声でケラケラと笑った。

「友達できた？」

「そんな余裕なくて。それに、まわりはみんな年上のひとばっかりだから……」

「年上っていってもそんなに差はないよ。知ってる友達の中で、最年長でもせいぜい
二十一だもの」

「それに、わたし人見知りするほうだから……」

「だったら、あたしが友達になってあげる。あんまり頼りにならないかもしれないけ
ど、よろしくね」

サトミは泡まみれの手を差し出し、胸を隠していたミカコの手を強引に引き剝がし
て握手をした。あらわになったミカコの胸は、たしかに中学生と見られてもしかたな
いくらいに薄かった。

「でも、女友達ばっかりできても、正直なとこつまんないよね」

ミカコはどう答えていいのかわからず、笑ってごまかした。

「きっと新しい出会いがあるって、期待して入隊したのに。がっかりよね。だまされたって感じ。ちょうどカレシとケンカ別れしたばっかりだったから、それもあって志願したんだけどさ」

「えっ。男の隊員は他の艦にいるんじゃ?」

「あたしも最初はそう考えた。一隻あたりのクルーが百名。それ、全員が日本人の女性で占められていても、割り当てからしたら一応問題ないかなって。でも、やっぱり変よ。月での訓練のとき、基地の人からこっそり聞き出して、わかったの。とりあえず、知ってる限りでは、男はまだひとりも訓練受けてないって」

「ほんとに……?」

「ほんとに。でも、がっかりすることないよ。火星基地での訓練は当分続くっていうし、ちょっとオジサンばっかりではあるけど、各国代表のイケメンも揃ってるから。ただし、競争率高いけどね」

「わたし、そんなつもりないから……」

「マジメなんだ。優等生タイプだね。でも、いまのうちに楽しまなきゃソンだよ。そ

訓練期間終わってコスモナート勤務が決まったら、もう、男っ気なしだからね」

「でも、艦に誰もいないってことは……？」

「うん、もちろん艦長に航法士、通信技師、最低限のメンテ要員は乗ってるらしいけど、じいさんばっかしだって話。あとは、省力化のためだとかで、調理や清掃なんかの艦内業務はほとんど無人化されてるって」

「じゃ、隊員は女ばっかし？」

「そういうこと」

「でも、どうして？」

「知らないわよ。そんなこと。理由なんかわからないわよ。もちろん、お偉いさんの考えたことだから、ちゃんとした理由づけあるんでしょうけど」

「ちょっとだまされたみたいで、複雑な気分……」

「まあ、深く考えたってしょうがないよね。それより、タダで宇宙観光できるだけでもめっけもんじゃない。レジャーランド化されてるっていったって、月だってそう簡単に行けるわけじゃないのに、その月どころか、火星まで来れたんだもの。無重力も、1/6Gも1/2Gも体験できたしね。……そうそう、知ってる？　集中訓練が終わ

ったら、火星観光が待ってるんだってよ。　例のタルシス遺跡も間近に見られるよ」

「タルシス遺跡……？」

ミカコはきょとんとした顔をした。

「ほら、タルシアンの語源になった遺跡のこと。　第一次有人火星探検隊が発見した、地球外文明の痕跡（こんせき）……」

「あ、知ってる！　社会の教科書に写真載ってた」

「そうそう、それそれ。　それじゃ、サトミお姉さんが観光ガイドを兼ねてタルシス遺跡についてレクチャーしてあげる。　都市らしきもの、小タルシアンと巨大タルシアンの化石らしきもの……。　そりゃもう、今世紀最大の発見！　っていうか、地球人類以外の知的生命体の存在が実証されたわけだから、世界は大騒ぎ。　大大大大大大カルチャー・ショックを受けたわけよ。　でもって、遺跡の脇にベースキャンプが設営されて、本格的な発掘調査が開始されたってわけ。　それが、いまを去ること八年前、２０３９年のこと。　あたしが九歳、あなたが七歳だった年ね。　おぼろげにだけど、そのときの中継画像、脳裏に焼きついてる」

「わたし、記憶にない……」

「そりゃ、小四と小二じゃ、大きな違いよ。　それでね。　細々と調査は継続され、調査

隊の中間報告をもとに、本格的な調査隊「第一次火星文明調査隊」が組織され、火星に派遣されたの。

ところが、思いもかけない事態が彼らを待っていたってわけ。ベースに到着するや、長旅の疲れを癒す間も惜しいとばかり、調査隊の面々は精力的に活動しはじめたの。機材と人員を大量投入しての本格調査が開始されて、ほんの一週間も経過しないころだったかしら、ちょうど、連日連夜休みなしの中継報道もクールダウンして、ニュース番組の枠内でしか関連映像を流さなくなったころのこと。速報ニュースとして、様相を一変させたタルシス遺跡の映像が流された。遺跡の半分以上とベースキャンプが、ごっそり消滅してたってことね。核爆弾並みのエネルギーが一気に爆発したって感じ。このときのショッキング映像、覚えてるでしょ？」

「ごめんなさい。リアルタイムで見た記憶がないの。もちろん、爆発のシーンは繰り返し流されてる映像だから後追いで見たことあるけど……」

「なんだ、知ってるんじゃない。話してソンした。ってこともないけど、ついでだから、その後の経過も全部話しておきましょう。数少ない生存者の証言から、これが事故ではなく破壊行為だってわかった。タルシス遺跡から出土したのとそっくりな大タルシアンが出現し、調査隊を襲ったってことね。知ってのとおり、直後には封印された映像も、翌年には公表された。

大タルシアンの一群がベース上空に映ってるやつ。

その後の経過は中学校で習ったとおり。米国主導による国連決議でタルシアン条約が成立し、条約を批准するかたちで各国独自に非常事態宣言を発令したの。でもって、最優先されたのが、タルシアンの探索だったってわけ。どこから、なんの目的で彼らはやって来たのか？　もちろん、侵略目的って最悪のシナリオが真っ先に考慮されたから、全地球的規模での防衛システムの構築も同時になされたわけ。間に合わせではあるけど、国連加盟主要国の各国既存の宇宙軍を母体に、国連宇宙軍が編制されたってこと……」

「そこら、知ってます。　学校で習ったから」

ミカコは真剣な表情でうんうんとうなずいてみせた。

「それでもって、どういう経緯かは定かでないけど、あたしたちがタルシアン探しの旅に出ることになったのよね」

「全世界を代表して選ばれたんだから、名誉なことですよね」

「そうなんだけど、いまひとつ、実感わかないよね。なにしろ、タルシアンってあれ以来一回も姿を現してないんだから。侵略目的って線は消えたって考えて間違いないと思うけどね……」

腕組みをし、サトミはしばらく考えるそぶりをしたが、すぐにまた口を開いた。

「あら、話し込んじゃったみたいね。早く着替えないと、夕食食べ損なっちゃうよね。生鮮野菜にありつけるのも、いまのうちだけだものね。たっぷり栄養補給しとかないと。それじゃ、食堂でね。いっしょの席で食べましょ」

にっこり笑うとサトミは、勢いよくカーテンを閉めた。

すぐにシャワーの音が響きだした。ミカコも冷め切ってしまった体を温めようと、ふたたびシャワーのコックをひねった。

食堂は大盛況だった。

どのテーブルも二十歳そこそこの娘たちに占拠されていっぱいになっている。

その半分ほどはすでに食事を終えているのだが、この場を去りがたい様子でおしゃべりに夢中になっている。中にはおしゃべりの輪には加わらず、地球に残した家族に向けてか、手にした携帯電話で黙々とメールを打っている娘もいる。さながら、女子大の学食を思わせる風景だった。

支給されたIDカードをセンサーにかざし、カウンターから料理を盛りつけたトレイを受け取ると、ミカコは自分の席をさがして食堂内を見回した。いくつものグループができあがっていて、そうそう勝手に割り込んでよさそうな席は見つからない。

当惑していると、「こっちよ」と手を振って招き寄せてくれる娘がいた。

シャワールームでいっしょになったサトミだった。

大半が支給された揃いのトレーナー姿でゆったりとくつろぎモードに入っているな

かで、サトミはジーンズの上下をワイルドに着こなしていた。

ミカコは席と席の隙間を縫って、ゆっくり慎重に進んだ。火星へ到着してまだ二日

目、Gに慣れきっていなくて、気をつけないとついつい飛び跳ねてしまいそうになる。

いま来たばかりなのか、それともミカコを待ってくれていたのか、サトミのトレイ

はまだ手がつけられていなかった。　向かい合わせの席につき、ミカコは静かにトレイ

を置いた。

「ひとつ聞いていい？」

サトミは頬杖をついていった。

「気を悪くしないでほしいんだけど、あなたってけっこう頑固な性格してるでしょ」

なぜ、そんなことをいわれるのか、ミカコは不思議でならなかった。

「……どうして？」

「だって、あなたが着てるそれって、たぶん、中学で使ってたジャージでしょ」

サトミがミカコの着ている服を指さしていった。

「服装は自由だって聞いてたし、これ、いちばん楽でいいから……」

「そうかもしれないけど、たぶんメインは別な理由でしょ。中学生の自分のままでいたいって、そういうことじゃない?」

「そんなこと……」

否定しかけて言葉につまってしまった。

意識して着ていたわけではなかったが、たしかにサトミの指摘は当たっていた。

「ごめんね、だから気を悪くしないでっていったんだけど……。さ、食べましょ。野菜類は全部火星産。氷結した地下水をふんだんに使って栽培してるんだって。ただし、太陽光の照度が足りないから、地球上より生育が遅いんだって……。里芋の味噌和えに金平ゴボウ。味噌汁のお味噌に具のお豆腐やなんかまで、現地生産らしいわよ。もちろん、お米もね。泣かせてくれるよね。あたしたちのために、和食の食材をわざわざ栽培してくれてたのかしら。どうでもいいけど、スタッフに感謝して、いただきまーす」

「いただきまーす」

箸をつける前にミカコはジャージのポケットから携帯電話を取り出しトレイの横にそっと置いた。

「重力が関係してるのかもしれないけど、ご飯の炊き上がりがいまひとつよね。でも

まあ、贅沢はいってられないか」

ひとくち箸をつけた白米を噛み締めながら、サトミがいった。

「あっ、また気を悪くするかもしれないけど、ひょっとして彼からのメール待ち？」

手にした箸でミカコの携帯を指していった。

「彼っていうんじゃないけど……」

「どれどれ、貸して」

サトミが素早く手を伸ばし、ミカコの携帯を掠め取る。

待ち受け画面には、頭に手拭いを巻いた道着姿のノボルの横顔。

「フーン。けっこうイケメンじゃん」

サトミがニヤッとする。

「やめてください！」

ミカコは慌てて携帯を奪い返した。

「同級生？　どこまでいったの？」

「そんなんじゃないんです」

ミカコは顔を赤らめ強く否定した。

「じゃ、告白した？」

「してないし、されてもいない。クラブがいっしょで、いっしょの高校、行けたらいいねって約束してたんだけど……」

「そうか、彼は高校上がったんだね。でも、あなたは火星、そして気持ちは中学生のまんまか……」

箸を止め、ミカコはうつむいてしまった。

「あっ、ごめん。あたしってイジワルな女だね。カレシいないもんだから、うらやましくて嫉妬してるのかも。待っていてくれる人がいるんだもの。すごく幸せよね。あたしも、ふたりの交際、応援するからね」

「ありがとう。サトミさんって正直な人なんですね」

笑顔を取り戻し、ミカコは純火星産の味噌汁に口をつけた。

ノボルくん。

火星では、ずっと演習でした。

わたし、これでも選抜メンバーの中では成績良かったの

よ。

オリンポス山も見たし、マリネリス峡谷にも行ったよ。もちろん、タルシス遺跡にも。　教科書で見るのとは大違い。

住居跡とか公園みたいな場所だとか、調査が終わって公開されてる場所は限られてたけど、間近に見られて、すごく興奮したよ。

太陽系は地球人だけのものじゃなかったんだなって。ずっとずっとはるか昔、地球に文明が誕生するよりもっと昔、彼らはすでに高度な文明を築いていたんだなって実感できて、驚きだった。

遺跡のすぐそばには、慰霊塔が建てられていたよ。タルシアンの攻撃にあって、尊い命を失った第一次火星文明調査隊のひとたちの御霊（みたま）が祀（まつ）られているの。

タルシアンは、どうしてあんなむごいことをしたの？　彼らに断りなしに、勝手に遺跡の秘密を暴こうとしたか

ら？

だとしたら、彼らの怒りはまだおさまっていないよね。

地球人は、彼らの文明の秘密を徹底的に暴こうとしている。

彼らから学んだ高度なテクノロジーを、すぐさま吸収して、いろんなものに応用している。

リシテア号にも、彼らのテクノロジーがいっぱい詰まってる。

たとえば、亜光速航法とその駆動系。さらにもっとすごいのが自律型のハイパードライブが可能なこと。一・五光年の距離を一気にワープできるんだよ。

こんどは彼らの技術を使って、わたしたちが彼らを追う番。

彼らを追って遠い宇宙へ出ていく日が、刻一刻と近づいてくる。

次のメールは木星の衛星イオへ向かうリシテア号からか

な。

あした火星を発ちます。

だんだんと、ノボルくんとの距離が隔たっていくね。

メールの着信所要時間もどんどん大きな数字になっていく。

イオに着いても、きっとメールは届くよね。

だって、イオにはちゃんと中継基地があるんだから……。

それじゃまた。

　　　　　　　　　成績優秀なミカコより

2047年4月　城北高校

ノボルくん。

突然いなくなってしまってゴメンね。

ミカコはいま、月のベースキャンプにいます。

ちゃんとお別れをするつもりでいたんだけど、お迎えは

なんの前触れもなしに突然やって来たの。

ノボルくんと雨宿りしていっしょに帰ったあの日の深夜、

例のエージェントがやって来て、一時間で支度しろって

ムチャいったの。ひどいよね。

そんなのないって、両親も憤慨してた。

あわてて着替えをバッグに詰め込んで、気がついたら航

宙自衛隊さいたま基地へ向かう、彼らの車の中だった。

みんなとお別れするのは、卒業式のもっと後だって思い

込んでたのに、ひどいよね。

でも、拉致されるみたいに連れ去られて、かえって良かったかもって思ってる。みんなにはナイショで入隊の日が近づくのを一日一日待ってるのって、耐えられなかったと思う。

それに、いざお別れってなったら、きっと泣いてしまってたと思う。泣いたら、行くのイヤだって、甘えん坊さんみたいにダダこねてたよ。

とにかく、ミカコは無事入隊しました。

そして、思いのほか元気にやってます。

さいたま基地で簡単な入隊手続きをして支給品を手渡されて寝る間もなしに早朝シャトルに押し込まれ、月ステーションに一泊して、拉致四日後には、晴れの海にある国連宇宙軍のベースキャンプに到着してたの。

さっそくオリエンテーションを受け、やっと個室に解放されて、いまこうやってノボルくんにメール打ってるの。

もちろん、両親に先に打ったけどね。

ちゃんと、届いたかな。

って、両親に打ったメールで、月からでも届くことは確認済みだけどね。だけど、これから艦隊が移動するたびに、いろんな中継衛星を経由して届けられることになるから、ノボルくんから発信するメールは、うまく届かないこともあるかも。

でもだいじょうぶ。ミカコはまめにメールするつもり。どこでなにやってるか、ちゃんと報告するから安心してね。

ミカコの今後の予定だけど、あしたからさっそく研修開始。

りっぱなトレーサー・オペレーターになるべく、レクチャー受けるの。本物に乗らせてくれるのはいつの日かな？

それじゃ、夏休み楽しんでね。

おっと、受験が控えてるんだったね。

あんまりがんばりすぎて、体こわさないようにね。

それから、冷たいものも控えるようにね。

めざせ、志望校突破！　ファイト！

それじゃ。

拉致された美少女ミカコより

空元気なのか、それともほんとに舞い上がってしまっているのか、長峰から送られてきたメールは妙にテンションの高い文面だった。

でもまあ、経緯はともあれ、無事入隊できてよかった。

ぼくは、すぐさまメールを打った。

たしかに、携帯の通信可能範囲は宇宙にまで広がっている。特別な機能というわけじゃなくて、ごく普通に、どんな携帯でも宇宙─地球間での交信が可能だ。

理屈ではそうわかっていても、平凡な一中学生がその機能を試してみる機会なんていままで一度もなかった。なにしろ、宇宙に住んでるメル友なんていないから。

でも、いまや三万人を超す人々が、恒常的に宇宙で働いているってことは知ってい

る。

　とはいっても、月以遠の宇宙に人類が進出したのはつい最近のことで、宇宙で働く
といっても、そのほとんどはいわゆる宇宙ステーションと呼ばれる地球低軌道上にう
じゃうじゃと漂う構造物と、月面施設に限られている。

　宇宙の利用目的は様々。軍事目的、科学研究、医療目的、娯楽観光目的、民間の新
素材の研究開発、映画産業のロケ地として、報道機関の発信拠点として……。

　だけど、最近はもっぱら軍事目的が優先されているらしい。

　タルシアン・ショック以来、航路の安全確保の意味合いもあって、民間のシャトル
便は総本数の規制を受けているし、宇宙および月面の民間施設は、次々と国連に買い
取られ宇宙軍関連の施設へと衣替えされていった。

　その一方で、タルシス遺跡の出土品から得られたタルシアン文明の高度な科学技術
は、宇宙分野に即座に還元され、めざましい発展を遂げていった。だけど、そうやっ
て宇宙技術が発展すればするほど、ぼくら一般人には宇宙はより縁遠い存在となって
いった。最新テクノロジーはもっぱらNASAと米国宇宙軍を機軸とする国連宇宙軍
が独占し、一切公表しようとしなかったからだ。

　宇宙に関する情報は規制を受け、日を追って庶民の目から遠ざけられていった。

そんな希少な宇宙関連情報の中で、タルシアン探査隊に関するものだけは、例外的に数多く発信され、規制も比較的ゆるやかだった。「我々人類は常にタルシアンの脅威に曝されている」のだということを全世界の人々の脳裏に焼きつけるために、意図的なリークがなされていたのかもしれない。

……というわけで、長峰から届いたメールは、ぼくにとって宇宙を身近に感じさせてくれるものだった。

理屈で届くとわかっていても、月面へ向けてメールを発信するなんて、初めてのことだ。ほんとに無事に届くのか？　夜中メールを発信した直後、ぼくは外に飛び出して夜空を見上げた。月齢三日くらいのやせ細った月が、低い位置に頼りなげに顔を覗かせていた。

そのときぼくは、長峰がすごく遠くへ行ってしまったことを実感した。

——長峰は、あんなところにいるんだ。

しかし、ぼくがもっぱら感じたのは、ふたりを隔てている距離感のことで、見知らぬ環境に放り込まれ、きのうまでとまったく異質な生活を余儀なくされている長峰が、どういう心境でいるかについては、ほとんど考えがまわらなかった。

それから半年、ぼくらはいい意味で励まし合い、メール交換を続けた。片やトレーサー乗り、片や高校生を目指し、日々の努力を称えエールを送り合った。

だけど、正直なところ、ぼくは複雑な心境だった。

直接会えないからとかいった、そういう単純な理由じゃない。

ぼくは、長峰の身を案じる一方で、長峰をうらやましくも思い、うとましくも思った。

長峰のやってることは、大変かもしれないけど、人類に貢献するといった崇高な目的と使命に裏打ちされた立派なものだ。それにくらべ、ぼくのやってることといえば、ぼく自身の将来という地味で矮小な目的のためでしかない。しかも、長峰には将来が約束されているが、ぼくには高校生になれるという保証さえない。

いいよなあ、長峰は。なんて、本気でうらやんだりもした。

それに、こっちがひとつでもよけいに英単語を暗記しようって躍起になって単語帳と格闘してるときに、唐突に着信音が鳴ったりすると、勘弁してくれよって正直うざったく思わないでもなかった。

その日の訓練メニューと成績。反省点。夕食メニューとその味につけた評点。各教官にまつわるゴシップとあだ名。月面から見える日々の地球の様子と雲の動きを読ん

69　２０４７年４月　城北高校

での長峰独自の天気予報……。しかし、そうした話題のどれひとつをとっても、受験生には無縁で無益なものばかりだ。

そんな状況に耐えかねて、年が明け入試本番まで二ヶ月を切ったころ、しばらくメールのやりとりをお休みしようって自分から提案した。まったく自分勝手で心の狭い人間だって、自分で自分が嫌になってしまった。

長峰とのメール交換を理由にはしたくなかったけど、受験勉強に集中できなかったってことはあるかもしれない。直前の追い込みはたいした成果をあげなかった。

どうにかなるさといった投げやりな気分に支配されたまま入試当日を迎え、結果的にどうにかなって志望校に合格した。

春が来て、ぼくは晴れて高校生になった。

長峰からの激励のメールが効いたのかもしれないと、都合よく解釈した。まったく、身勝手なやつだ。

まだ、月面での訓練が続いているのかどうか、確信はもてなかったけれど、とにかく合格したことを伝えておこうとベースキャンプへ向けて短いメールを打った。けれどもそのメールは長峰には届かなかった。長峰はすでに月面キャンプを離れ、次のキ

ャンプ地へ向かうリシテアの艦内にいた。ちょっとしたメールの行き違いがおこった。

だけど長峰はぼくの合格発表の日を覚えていて、リシテア艦内にいることと、

ぼくの合否を尋ねる短いメールを、翌日送ってくれた。ぼくはすぐに返信した。

すると長峰からは、二ヶ月の時の空白を一気に埋めようとするかのように、携帯の

メモリーに収まりきらないくらいに恐ろしく長い返事がきた。

文面には日記風に日付が打ってあった。　毎日書き溜めておいたのだろう。それも、

日を追って分量が増えていた。

入学準備の合間を縫って三日がかりで読み通し、何度か返事を書きかけて、中途半

端なままほったらかしにし、入学式を迎えてしまった。書きかけのメールは全部オク

ラにして、とりあえず無事高校生になれたことだけを伝える短いメールを送った。

「高校生活の詳細は、次回のメールで」と書き添えて。

まったく、誠意のないやつだ。

長峰はぼくが合格を決める以前にいちはやく、月での基礎訓練を無事修了していた。

歩く、走る、伏せる、起き上がる、立ち上がる、蹴る、飛ぶ、旋回する、静止する、

摑む、押す、引き寄せる、投げる、突く、振り回す、斬る、握り潰す……。トレーサ

ーの基本動作をみっちり仕込まれ、優秀な成績をもっていっぱしのトレーサー乗りと

して認められたようだ。

さすが世界中から選りすぐられただけあって、訓練生のほとんどがトレーサーの操作をマスターしたらしい。ただし、落伍者もまったく出なかったわけじゃない。訓練中の事故で負傷した者もいたし、成績不振に悩んで鬱状態になって地球へ送還された者もいたし、厳しい訓練に耐えきれなくて、キャンプから脱走してしまった者もいたらしい。

そういう話を聞かされると、長峰は適任だったのかもしれないと思った。長峰の忍耐強さは、中学のときの部活で実証済みだった。

入学に伴う様々な手続き、教科書や通学定期を購入したり、提出書類を記入したりといった煩雑な作業もひと段落し、担任や教科担やクラスの面々の名前をぼちぼち覚えたりして、新しい環境と生活スタイルになじみはじめ、ようやく長峰へ長いメールを打とうかって気持ちの余裕が生まれた。

そのころには長峰は火星への移動を終えていて、次の段階の訓練がはじまっていた。

長峰から送られてくる日替わりメールで、訓練が本格化してきているのがわかった。

その訓練内容が戦闘メニューに偏っていることも。

ぼくはうっすらとした危惧を覚えていた。

千人ものトレーサー乗りを、いったいなんの目的で養成したのか？

トレーサーは本来、惑星探査用の全環境対応型の移動体として開発されたことにな

っているが、オプションの装備品によってはむしろ、戦闘マシンとしての側面のほう

が色濃くなってくる。

タルシアンと遭遇した場合、彼らと一戦交える結果となるだろうことを想定して、

長峰たちは兵士として養成されているんだろうか？

そう。考えてみれば長峰たち選抜メンバーは、国連宇宙軍に帰属しているのだ。

タルシアン探査隊は、タルシアンと遭遇できるんだろうか？

可能性は、まったくゼロとは言いきれないだろう。

その根拠は、ショートカット・アンカーの存在と、そのいくつかの所在を国連宇宙

軍が把握していることにある。

現にタルシアンはショートカット・アンカーを経由して火星にやって来たとされて

いる。

ということは、ショートカット・アンカーを逆にたどっていけば、いずれ彼らの出

発地点へ到達できることになる。

ちなみにショートカット・アンカーとは、宇宙空間の二地点を結ぶワープゲートのこと。その存在は、タルシアン来襲直後、移動する特異点として火星の公転軌道近傍に発見され、つい最近まで公表されずにいた。ひとつ見つかれば他にもあるだろうということで、タルシアンの技術を取り込んだ新型艦船の完成をさっそく役立てての、太陽系内でのショートカット・アンカー探しが精力的に行われた。

たぶん、というかぼくの推測にすぎないんだけど、タルシアン来襲から六年を経たいまになって、本格的なタルシアン探査が実施される運びになったのは、必要な道具が出揃ったからというのが大きな理由だろう。つまり、太陽系宇宙以遠にもショートカット・アンカーが見つかり、その先というか奥を、さらに探ろうとしているのだ。

……ふぅ。

長峰がいまいる火星でさえ遠いというのに、太陽系のさらに外だなんて、気が遠くなるほどの遠さ、いやほんとのところ、実感としての距離感がまったく思い描けない。

十隻の艦船、千人のクルーからなるタルシアン探査隊は、本気で遠い宇宙へ飛び立とうとしているんだろうか？

だとすると、長峰はいつ地球に戻れるんだろう？

もちろん、距離的に気が遠くなるほどの遠隔地といっても、その距離を一気に縮め

てくれるのがショートカット・アンカーで、いわば瞬間移動するわけだから、時間的には遠くはないのかもしれない。ただ、気になるのは噂によれば、ショートカット・アンカーは、いずれも一方通行だってことだ。つまり、帰りの特急券は用意されていないってこと。

そもそも、ショートカット・アンカーについては、まだまだ未知の謎が多い。

それが、人工の特異点であることはほぼ間違いないのだが、単に宇宙空間に穿たれたトンネルってわけでもないだろうから、なんらかの外部的制御機構があるはずなんだけど、どうやってそこらの維持管理がなされているのがまったく解明されていない。とにかく「理屈はわからないけど、ここに便利な近道があるから試しに使ってみよう」ぐらいな感覚でしかないのだ。

もっと恐ろしいことをいってしまうと、ショートカット・アンカーがいくつも見つかっているとはいっても、まだ、有人の状態でその抜け道が試されたことはないらしいのだ。発見されたショートカット・アンカーには発信機を積んだ探査球が投入され、無事宇宙のどこかに抜け出られれば、ただちに電波を発信して来てくれる。ただし、それはあくまでも光の速さで返ってくるわけで、投入されたっきりどこに着いたのか、まだ返事をして来ていない探査球も当然あるわけだ。

2047年4月　城北高校

だから、出口が明らかになっているショートカット・アンカー以外は、なんの安全性も保証されていないことになる。もちろん、出口が見つかっているショートカット・アンカーだって、たまたま機械が一個無事に届いたってだけで、割れ物の荷物が安全に届くかどうかは、誰にも明言できないわけだ。

ということは、ぶっつけ本番で長峰たちはトンネルに突入することになる。

おいおい、そんなんでほんとに大丈夫なんだろうか？

それに、無事どこかに着いたにしても、帰りはどうするつもりだろう？

帰りは鈍行？　いや、鈍行っていったって、最新艦のリシテアだから亜光速で帰ってくるわけなんだけど……。

長峰、元気でいる？

城北高校にはだいぶ慣れてきたよ。

火星基地からの最後のメールをいま受け取ったところ。

放課後、教室に居残っていた。

出発までに間に合うように、いますぐ返事する。

といっても、こっちはべつだん早急に伝えておかなきゃいけないことはない。

ああ、いま教室にひとりで居残っているのは、部活どうしようか迷ってるから。今日中に届け出さなきゃならない。

剣道続けるつもりでいたんだけど、ちょっと気移りしてる。

飽きたってわけじゃないけど、他の可能性も試してみたい。

ちょっと練習覗いてみただけだけど、弓道部、おもしろそうかなって。なんだか、一貫性がないってしかられそうだね。

次は木星のエウロパ基地だって？

もちろん、木星にも国連宇宙軍が進出してるくらいは知ってたけど、エウロパに基地があるなんてことは、初耳。

これって、機密事項じゃないのか？

検閲受けて、そのうち伏字だらけのメールが届くように

なるんじゃないかって、ちょっとヒヤヒヤしてる。（冗

談）無事、エウロパに到着するように祈ってる。

それじゃ。

　　　　　　　　　　　めざせ隠密剣士……寺尾昇

ノボルくん。

わたしはいま、エウロパにいるよ。

まだ、はっきり知らされたわけじゃないけど、ここには

そう長くいないと思う。地上訓練はほとんど火星キャン

プで終わりだったみたいで、エウロパでやるのは、発

艦・着艦訓練が主になるみたい。

それでね、実はもう訓練を兼ねての勤務が始まってるん

だ。

四時間交替の五班編制で、ローテーションが組まれてる

の。

トレーサーの射出カタパルトが、舷側に十対あるのね。

それで、ちょうど二十人がトレーサーに乗ったまま、待機するわけ。なにごともないとは思うけど、いちおう訓練を兼ねて抜き打ちに出動命令が下るわけ。

いまね、実はその勤務中。

いつ発進命令が下るかもしれないから、緊張してる。

中継基地があるのは、ここまで。

でも、基地といってもステーションが浮かんでるだけで地上にキャンプ張ってるわけじゃないから、わたしたちが船から降りることはないの。

艦船暮らしは、都会のオフィスかなにかに閉じ込められて、二十四時間働かされてるみたいで、ちょっと息苦しさを感じるけど、それなりに楽しみも見つけてるよ。

前にも話したけど、友達もできたよ。

あ、ご心配なく。サトミさんていう二歳年上の女友達だ

から。

って、クルーはほんとに女の子しかいないんだけど。

でも、わたし最年少だから、味噌っかす扱いされてるだけかもしれない。

航行中は行動範囲を限定されてて、ほとんど個室とランチルームの往復。外を見ることも許されないの。

いまは係留中なので規制も解除されてて、自由時間使って木星の眺めを楽しんでるよ。木星って、間近に見ていて退屈しないよ。高熱のガス雲がダイナミックに渦巻いていて、表面の縞模様が刻々と変化していくの。きれいだよ。

あ、それからフラックスチューブも見たよ。木星からイオへ向けて落ちる太陽系最大の雷のこと。すごい迫力だったよ。

ノボルくん、弓道部に入ったんだって？

弓道部って、やっぱり女の子いっぱいいるのかな？

弓道って、女の子に人気のスポーツだものね。

ミカコもほんとだったら、ノボルくんといっしょに城北高校通ってたんだよね。

ときどき、ほら、こうやってトレーサーの中でひとりっきりでいるときとか、「わたし、どこにいるんだろ?」

「こんなところでなにやってるんだろ」って思っちゃう。

単なるホームシックかな?

次の目的地は、たぶん冥王星。

ノボルくんからどんどん遠ざかっちゃうね。

それじゃ、次回は冥王星(?)から。

　　　　　　　ホームシックのミカコより

元気かい?

たしかに弓道部は女子の天下。

下級生のぼくは借りてきた猫みたいに小さくなっている。

81　2047年4月　城北高校

もうすぐ、高校に上がっての最初の試練、中間テストが迫っている。どの学科も中学のときにくらべて、格段に内容が難しくなってる。一夜漬けもそうそう役にはたちそうにない。

周りは、のんきにやってるやつもいるけど、入った早々から目の色変えて大学受験を視野に入れてがんばってるやつもいる。ぼくはというと、まだ先のことはなにも考えていない。

長峰、元気ないみたいだね。

そんなに難しく考えるなよ。

冥王星の様子、また教えてくれ。

リポート、楽しみにしてる。

サトミさんによろしく。

将来は未定……寺尾昇

なんだかんだいって、ぼくは高校生活を楽しんでいる。

高校生の日常に埋没している。

長峰は遠い宇宙のかなたで軍隊生活を送っている。

ぼくらって、どういう関係なんだろう?

ぼくらの距離はどんどん遠ざかり、会えないでいる時間が容赦なく過ぎ去っていく。ぼくに

ある日突然、遠くへ転校して教室からいなくなってしまったクラスメイト。

とって長峰はそんな存在なんだろうか? しばらくは文通を続けるけど、お互い共通

の話題も少なくなり、やがて手紙のやりとりも間があくようになり、いつしかどちら

からともなく文通が途絶えてしまう。長峰ともそうなってしまうんだろうか?

だけど、それだけじゃない気がする。

少なくともいま長峰は、ぼくを必要としてる。

そしてぼくは……。

2047年8月　冥王星

ノボルくん。

ミカコはいま冥王星にいるよ。

太陽系最果ての地、来るとこまで来てしまったって感じ。

もう、ここで新しく覚えることは、ほとんどなにもない。

学ぶべきことはすべて学んで、トレーサーの操縦に関し

てならなんでも来いって感じ。

ここでやることはね。アンカー・ポイントの捜索。

前に話したかもしれないけど、帰りのショートカット・

アンカーって、まだ見つかっていないの。だから、国連

宇宙軍関連のスタッフによって、継続的にアンカー・ポ

イント探しは行われてるんだけど、そのお手伝いってこ

とになる。

冥王星にはまだ、ベースキャンプないからね。

これも、訓練のひとつといえばいえなくもない。

三班の交替勤務で、一日に八時間リシテアの外に出て、ポイント探しをやってるの。これも発艦訓練だし、艦を出てからは自由に移動していいことになってる。

トレーサーはもともと探査機だから、各種センサーが備えてあって、こういう仕事にうってつけなの。

でも、たぶん見つからないと思う。

あ、ちょうどいま当番の時間帯でミカコはトレーサーの中にいるんだよ。もちろん、さぼってるわけじゃなくて、仕事は仕事でちゃんとやってるよ。ほんとに働いているのは機載コンピュータで、ミカコはコンピュータのお守りをやってるだけ。いまのところ異常ナシだよ。

この星を含めて、この先基地はもうないから、支援はナシってことになる。いよいよ旅に出るんだって感じだよ。

ここを出たら、次の目的地はまだ秘密なの。

太陽系内部の各衛星周辺では、ショートカット・アンカ

ーの捜索と同時にタルシアンの監視も行ってるの。

だけどまだ、タルシアンの出現は確認されていないの。

だからやっぱり、太陽系宇宙を飛び出すことになるのは

間違いないと思うよ。

ほんとはね、エウロパ基地に寄港したとき、若干のクル

ーの入れ替えがあったんだ。これはまだ噂で聞いただけ

だけど、艦隊のうち一隻か二隻、後方支援部隊としてこ

この冥王星に残留することになるんじゃないかって。

わたしはいま旗艦リシテア勤務のまんま。

たぶん、居残り組には入れなかったってことよね。

ノボルくん、わたしはね。ほんとはタルシアンなんて見

つからなければいいと思ってるの。これ以上どこともし

れない遠い宇宙へなんか、行きたくない。

なにごともなくて早く除隊の日がやって来て早く地球に

戻れたらいいなって思ってるの。

ノボルくん、その日まで待っててくれるかな？

そこまで打って、ミカコはメールを打つ手をとめた。

――ノボルくん、ほんとに待っててくれるかな？

手にした携帯の表示画面を見つめふっと息を吐くと、ミカコは最後の一行をあっさり削除してしまった。

――地球に帰れるのって、何年後だろ？ エージェントのおじさんはほんの二、三年っていってたけど、入隊日だってまるっきり違ってたくらいだから、信用できないよね。だけど、ここまで来てしまったら、もう引き返しようがないよね。脱走したくても、トレーサーじゃ地球まで戻れないもの。でも、仮病使ったら居残り組に入れてもらえるかもしれない。それぐらいしか、手はないよね。

「ミカコ、またさぼってるな！」

ブース内に響き渡った大声に、ミカコははっと我に返った。

顔を上げると、スクリーンに大映しのサトミ。

「さぼってなんか、いないよ！」

「どうだかな。ほら、また携帯手にしてる。ノボルくんにメールしてたんでしょ。あ

わてて携帯隠したって、バレバレだって。司令官にいいつけちゃおうかな……」

「いじわる……」

「冗談だって……。こんなとこであたしらが必死こいて探したからって、そう簡単に

ショートカット・アンカーなんか見つかりっこないって。じっと艦内に閉じ込めとく

のもなんだからって、息抜きさせてくれてるのよ……」

「サトミさん、なにか……？」

メールの続きが打ちたくて、ミカコは話をさえぎった。

「なにかはないでしょ。もう次の班と交替の時間だよ」

「えっ。ほんとに？」

スクリーン隅の時刻表示に視線をやる。

たしかに艦を出て八時間が経過しようとしていた。

「ほんとに、しっかりしてよ。早く戻ってこないと、着艦ゲート、閉められちゃうよ」

「サトミさんは、どこ？」

「着艦の順番待ち行列の中。あんたまだ戻ってないらしいから、かわいい妹のことが

心配になって、忙しいさなか、わざわざ声かけてあげたんじゃないの。あんた最近、

元気ないよ。まあ、冥王星くんだりまで来てしまっちゃ、元気でいろってほうが無理

だけどね。そりゃ、誰だってホームシックにもなるだろうけどさ。とりわけあんたは
いちばんの年下だし、ほってはおけないの……」

「わたし、そんなに元気なさそうに見えますか?」

「見える、見える。食べ盛りなのに、冥王星へ着いてこのかた、毎度まいど食事残し
てばっかりじゃない」

「艦内食に飽きちゃったから……」

「それだけじゃない。前々から気になってたんだけど、いっていい?」

「なに……?」

「あなたのその格好!」

サトミが指を突き出してくる。

「どこか変……?」

「まあ、ブースに納まってしまえばひとりっきり。別に誰に見られるわけじゃないん
だし、オペレートに支障がなければすっぽんぽんでも構わないとはいわれてるけど、
フツウ、その格好はナシなんじゃない?」

「そうかな、わたしは好きで着てるだけ。気にしない、気にしない」

「気になるわよ。なんで制服なわけ? それも、卒業した中学の?」

責めたてるような口調に、ミカコは目を見開いてわが身を振り返った。半袖の白い

シャツにエンジ色のネクタイ。たしかに中学のときの夏の制服姿だ。

「なんでっていわれても……」

「気持ちを中学校に置き忘れたままだってことじゃないかな？」

「そうかもしれない。でも、支給された服、着る気になれなくて」

ミカコは視線を逸らすようにうつむいてしまった。

「部隊に組み込まれるのを、無意識に拒んでるんだよ」

「わたし、別に嫌いじゃないよ。艦隊での生活」

「だけど、はたで見てると、あんたが生き生きしてるのは、トレーサー乗って演習し

てるときだけ。中学んときの部活のノリでやってるんでしょ？」

「だって、そんなこといわれたって、わかんないよ……」

ミカコが顔を上げた。涙目になっていた。

「あんた……」

サトミがなにかいいかけたそのとき、アラームがブース内に鳴り響いた。

「なんだろ、こっちも鳴ってる。切るよ！」

サトミの姿が消え、冥王星を背景にした各艦船の現在地を示すグラフィック画面に

切り替わった。

『タルシアン来襲、タルシアン来襲。トレーサー部隊は発艦準備に就け！』

『タルシアン来襲、タルシアン来襲。』

——うそっ！

『探索作業中のクルーは、ただちに母艦に帰還せよ！』

——どこから？

——どうしていきなり？

考えるのは後回しだ。ミカコは行動を開始した。

機載コンピュータに質す。

「どこ、タルシアンはどこ？」

配置画面に赤い点がマークされる。

『リシテアの近く。しかも、リシテアに接近していく』

「わたしはどこ？」

画面に青い点が灯る。

近い。リシテアよりも、タルシアンに近い位置にいる。

「僚機は？」

緑の点が三つほど、画面に散らばった。

「タルシアンに全速接近!」

そう命じて画面に意識を集中させる。

リシテア及び僚艦からは、まだトレーサー隊の出動はない。

僚機のうち二つは帰艦の動きを見せている。ところが、タルシアンとリシテアを結ぶほぼ一線上に位置した一機が、反転してタルシアンに接近しはじめたのだ。

「あっ、待って。どうするつもりなの? 一機で戦うつもり?」

ミカコのトレーサーも加速を続けたまま赤い点に迫ってはいるが、どちらかというと斜め背後から追っている状況。

「予想避近地点までの時間は?」

『五十七秒』

「僚機は?」

『二十秒』

「拡大して!」

赤い点を中心に、視点が寄ったかたちとなり、緑と青の点だけがフレームに収まる。

「あっ! 三つもいる!」

ひとつに重なって映っていた赤い点が、三つに分裂していた。

２０４７年８月　冥王星

そこへ僚機の緑の点が驀進（ばくしん）していく。

『減速はじめます』

乾いた声で機載コンピュータ。

「待って、そのまま加速。後はわたしに任せて」

どっちにしても間に合いそうにないのはわかっていた。

だけど、減速させる気にはなれなかった。ミカコは手にしていた携帯を、腕を伸ば

してブース脇の小物入れにしまった。

両手を両脇の操作グローブに突っ込む。

赤い三つの点と緑の点とが、ぐいぐい距離を縮めていく。

──どうなるの？

──誰も援護に来てくれないの？

『発進！　トレーサー隊、発進！』

ようやく、艦の司令から発動命令が下った。

「ああ、もう遅い！」

画面上、赤い点と緑の点が、ついにひとつに重なる。

ミカコは息を呑（の）んだ。一瞬目を閉じ、画面から顔を背ける。

振り返って目を開いたときには、スクリーン上、緑の点が消えていた。

——どういうこと？　やられちゃったの？

「減速、全速減速開始！」

叫ぶなり、手動操作で機に減速をかける。

「あと何秒？」

コンピュータが、再試算する。

『十七秒前』

ぐっと距離が縮まっている。ミカコは実写画面に切り替えた。

銀色に輝く飛行物体が三つ。初めて目にする姿だった。

『……十秒前』

ミカコのトレーサーに気づいたらしい。

寄り添うように飛んでいたタルシアンは、三方向に分離して別軌道を飛び始めた。

——まだ、大丈夫。バックからの接近だから。

ミカコは、軌道を変えずリシテアへ直進するタルシアンを標的に定めた。微調整を

くわえながら、ぴたりと背後につける。

「減速停止！」

銀色の飛行物体にぐいぐいと迫っていく。

「分析！」

トレーサー搭載の各種センサーをフル稼働させ、タルシアンのデータを収集していく。スクリーン上に、分析終了したデータから順次表示が並んでいく。

全長、全幅、推定質量、表面構成物質、表面温度、内部立体構造……。

タルシアンについては、タルシス遺跡から得られた情報を除いては、ごくわずかなことしか知られていない。タルシアンの個体形状や生理機能については、遺跡出土のミイラ化した化石からある程度のデータは得られている。しかしそれは何万年も前のもので、生きたタルシアンとの接近遭遇は、おそらくこれがはじめてのことなのだ。

——ねえ、たった三機でなにしに来たの？　敵情視察の斥候さんなの？

『……二秒、一秒。距離一〇〇メートルで固定しました』

——仕掛けてこないの？　ねえ、どうすればいいの？

真正面からタルシアンに突撃していった仲間の一機は消滅してしまった。タルシアンとの間にどんな接触があったのか？　一方的に攻撃を受け、あっけなく叩（たた）きのめされてしまったのか？

——待っていていいの？　でも、このままだと、リシテア号に突っ込んじゃうよ。

アラームがブースに鳴り響いた。

『全トレーサーに告ぐ。タルシアンを包囲、攻撃せよ』

——いいのね、戦って。

奥歯をぎゅっと噛んで気合を入れると、ミカコは闘いを開始した。

「加速！　距離五〇〇まで接近して！」

距離表示の数字を見つめ、七五〇まで詰めたところで攻撃に打って出た。

「ミサイル、六基、発射！」

——当たれ！

一見ランダムに見える軌跡を描いて、六基がタルシアンを追っていく。

しかしタルシアンは、攻撃を察知したのか、横滑りに回避運動を起こす。

「追って！」

ミカコのトレーサーもぴたりと追尾して距離を詰めていく。

「バルカン砲用意！」

左腕から、箱形の砲塔が迫り出す。

タルシアンは、巧みな回避運動でミサイル二基をかわした。

さらに、接近してきたミサイル二基に赤い光線を発した。

光を浴びたミサイル二基が、ほぼ同時に爆発した。

遅れて飛び込んできた残り二基が、その爆発に巻き込まれて誘爆する。

一瞬視界が真っ白になり、タルシアンを見失う。

「どこ、どこにいるの?」

距離は、五〇〇で固定されている。

ミカコは全周スクリーンを見回した。

頭上にも、足下にもいない。

「はっ。真後ろ!」

ミカコは制御ペダルを蹴った。

トレーサーがトンボを切って半回転する。

「見つけた!」

そう叫ぶと同時に、操作グローブの中で発射ボタンを押していた。

砲塔が火を噴き、砲弾二十発が撃ち出された。

同時にミカコは回避運動をとる。制御ペダルを踏み込み、距離を保ったまま弧を描

くように沈み込む。

──当たって!

演習どおりだった。問題なく仕留めている。けれどもこれは実戦で、タルシアンの戦闘行動についてはあまりに未知の部分が大きい。ミサイルをすべて捌かれてしまったのもだが、知らない間に背後をとられていたのも予想外だった。

砲弾を見つめる。タルシアンも回避行動に移っている。

——届いて！

どっちに逃げても当たるように、二十発の砲弾は微妙に着弾点をずらしてセットしてある。どれか一発でも当たってほしい。

「次弾、セット！」

タルシアンが、なにかに躓くような微妙な動きを見せた。

——当たったの？

「当たった！」

路上の酔っ払い運転のような蛇行が続いたかと思うと、銀色に輝く甲殻が、いくつもの破片となって飛び散る。

「やった、当たったのね」

しかしそれで終わりではなかった。突如タルシアンは爆発した。

『接近！ 接近！』

機載コンピュータが、警告を発した。

トレーサーめがけてみるみる接近してくる物体。

喜びに気が緩み、ミカコは次の行動がとれずに、ただただ接近してくる物体を見つめていた。自機を捨てて脱出をはかったのだろうか、ひとまわり小ぶりのやはり銀色に輝く物体が急接近してくる。

なぜか、バルカン砲を撃ち込む気になれなかった。

同時に、向こうから攻撃を仕掛けてくる気もしなかった。

タルシアンは、トレーサーの目前、腕を伸ばせば届きそうなくらい近くまで、滑るように移動してきて、ぴたりと静止した。

ミカコはブースの中で身をこわばらせていた。

怖い。だけど、魅入られたように体の自由がきかない。

タルシアンの外見は、亀か蟹か、硬い甲羅に覆われた生き物を連想させた。

正対すると、タルシアンに変化が兆した。外形が変形していく。甲羅の隙間から触手のようなものが左右に張り出していく。頭部と思われる部位から、首らしきものがにょきにょき生え出してくる。

左右に張り出した触手は、先端が二つに割れ、それぞれの先がまた伸びて二つに割れと、いくつにも枝分かれを繰り返し、網のようにひろがって、左右からトレーサー

を包み込んでいく。

ミカコは恐怖を感じた。しかし、いっそう体をこわばらせ、次の行動に移れないでいる。

触手の網に完全に包み込まれたところで、白く伸び出た頭部の先端がトレーサー内部にいるミカコに向けられているかのように突き出される。

その先端がぱっくりと割れた。巨大な球形のレンズ状のもの、ミカコが直感的に目玉だと感じ取ったものがぐっと迫り出してきた。

巨大な一つ目は、すべてを見透かそうとするかのようにミカコを凝視する。

——やめて！

心の中まで土足で踏み込まれるような不快感。

嫌悪感に全身が粟立ってくる。

「いやー！」

グローブを力いっぱい握り締め、振り動かしていた。

ビーム・ブレードが抜かれた。バリバリと触手の網を斬り破り、そのままの勢いで袈裟懸けに斬り下ろされる。

硬いかに見えた甲殻が、果実でも切り裂くようにいともたやすく切断されていく。

タルシアンの体は真っ二つに裂け、断面から血のように赤い液体を噴出させた。

ミカコは息を荒らげ飛びすさった。

タルシアンは破裂し、いくつもの砕片となって闇の中に飛散していった。

「ミカコ、大丈夫⁉」

スクリーンにサトミが映し出される。

「…………」

返事ができない。画面を切り替える。トレーサー隊が接近しつつある。その隊列の先頭に一機だけ突出しているのがサトミらしい。

「まだ、回収される前だったから、命令無視して駆けつけたんだよ」

サトミの顔が、強制的に割り込んできた。

「ありがとう、でももう終わったよ」

「残りの二つは?」

「さあ?　どこかへ消えたよ」

──どこへ?

たしかに軌道を分かってから、残りの二体は姿をくらませてしまった。

「無事でよかったよ。さ、帰ろ」

「うん」

まだ表情をこわばらせたままそう返事したとたん、またアラームが鳴った。

『タルシアン群体出現。トレーサー隊、緊急帰艦せよ!』

「どういうこと?」

「あたしに聞かないでよ。命令なんだから、さっさと引き返しましょ」

サトミがスクリーンから消えた。同時に現れた配置マップ上、緑の点列が反転して

母艦へ引き返していく。

——艦隊決戦?

「帰艦!」

そう告げ、ミカコはぐったりとシートにもたれかかった。

『群体までの距離、一二〇〇〇キロ。個体数、百以上。続々と増殖中』

——ショートカット・アンカーから?

——ゲートが開いたの? やっぱり帰りのショートカット・アンカーはあるのね。

ただし、わたしたちの自由にはならない。わたしたちはただ、誘い出されるだけ。

「もたもたしないでよ、ミカコ。とてもじゃないけどまともに戦える数じゃないよ」

また、サトミがスクリーンに割り込む。

「逃げるってこと?」

「さあ、それは艦隊総司令官が決めること。急いでよ」

　なにをしようとしているのか、ミカコにはタルシアンの行動がさっぱりわからなかった。

　ひとつ思ったのは、ついさっき倒したタルシアンの報告を受けて、群体が動き出したのだろうということだ。

　マップに目をやる。タルシアンの群体を示す赤いドットが雲のようにひろがり、艦隊へ急迫している。そして群体の後尾は空間の一点から続々と湧き出ている。

　戦いようがない。

『艦隊は、タルシアン群体との接触を回避する。これより、ハイパードライブに入る。ミッション中のトレーサーは、全機、直ちに帰艦せよ。帰艦を急げ。ワープアウト・ポイントは、暗号化して伝える。各艦、ワープイン・タイムを一分後に設定せよ。では、カウントダウンを開始する』

　――タルシアンの探索が目的なのに、めぐり会えたとたんに尻尾を巻いてお目当てのタルシアンから逃げ出すわけ?

　ミカコは、やっていることの矛盾を歯痒く思った。

——逃げなければ、任務を完了できるかもしれないのに。

そして、任務を完了させなければ、除隊を許され自由の身になれる。

願ってもない展開。だけど、そうはなりそうにない。

とにかく、艦隊命令に逆らってもしかたがない。

しんがりに位置どったミカコは、全速でリシテアを目指す。

三十秒が経過し、目前にリシテアが迫る。回収を待つトレーサーがもう二、三機待

機状態にある。あの最後尾につけばいい。十分間に合う。

ミカコは機を減速させた。

『警告! タルシアン接近!』

機載コンピュータが告げた。

——どうして、こんなときに!

すばやく全周を見回す。

姿を消したはずのタルシアンが一体、背後に迫っていた。

ミカコに迫ってくるのかと思ったが、そうではない。回収待ちのトレーサーに狙い

を定めている。

——ダメよ!

回収ゲートにでもダメージを与えられたら、ハイパードライブは不可能になる。いや、可能かもしれないが、ワープアウトとともに負荷に耐えられずに致命的な破損事故を引き起こしかねない。

――わたしが食い止めなきゃ。

「追って!」

母艦近傍での弾の撃ち合いは、避けなければならない。

すると、戦いの手段は限られてくる。

ミカコは、タルシアンの前面へ回り込んだ。

やはり、これしかない。ビーム・ブレードを抜く。

斬りつけた。かわされる。ミカコを無視してリシテアに迫っていく。

――ダメ! 行っちゃ!

ミカコは、脇をすり抜けたタルシアンの背中の甲羅にワイヤーを打ち込んだ。命中する。ワイヤーを巻き戻す。距離を詰め、背後から斬りつけた。

こんどはかわしようがなかった。

タルシアンは二つに裂け、肉片となって虚空に飛び散った。

「あと何秒?」

息つく暇もなかった。

リシテアを見る。最後の一機が回収ゲートに姿を消していくところだった。

リシテアを包み込むようにして光の粒が無数に発生しはじめていた。ドライブエ

ンが稼働しはじめている。いっぱいの光の粒で取り囲まれたとき、空間が一気に歪

曲し、艦ははるか遠隔地へ吹き飛ばされる。

『残り、十二秒』

「間に合う。急がなきゃ。あ、メール」

ミカコは小物入れに手を伸ばす。

「いま発信しとかないと……」

ハイパードライブで一ないし一・五光年先の地点に飛ばされるということは、そこ

から発信したメールが地球に届くのは、一年以上先のことになってしまう。

しかし、小物入れの中は空だった。ぐるりと周囲を見回し、頭の上の空間に携帯が

浮いているのを見つけた。手を伸ばすが届かない。

——ノボルくん……。

一年後まで待っていてくれるだろうか？

光の粒に包み込まれるリシテアに、ミカコのトレーサーは回収されていった。

2048年9月　階段上

この夏をどう過ごせばいいのか、正直いって迷っていた。

選択肢はいくつもあるようで、実際どれも決め手に欠けていた。

そうでなくてもこの時期、いやでも将来について考えざるをえなくなる。

親も教師も級友も、「おまえはなにになりたいんだ、なにをやりたいんだ」ってこぞって問い詰めてくる。明確な答えなんてあるはずもない。だいいち、自分でどうしていいんだかさっぱりわからないんだから……。

ただでさえどうしていいんだか頭の中の整理がつかずにいるところに、ぼくの場合さらに、秩序をかき乱すやっかいな要因を、ひとつは人より余計に抱えていた。

それが長峰美加子だった。

なんだ、彼女に影響されて自分の進路ひとつ決められないのかって、軟弱者のそしりをまぬがれないかもしれないが、二重の意味でそれは違っている。

まず、長峰はぼくの彼女ってわけじゃないし、もひとつ、長峰がぼくにどうしろうしろっていったことは一度もない。

長峰はわりと仲のよかった中学のクラスメイトのひとりだった。

それが、国連宇宙軍の選抜メンバーに選ばれたとかで、中三の夏、忽然とぼくの前から姿を消してしまった。トレーサー乗りになってタルシアン探索の旅に出るんだという。中三の女の子がだ。なんだかばかみたいな話で、どう受け止めていいのか、猫が仔犬を産んだってほうが、まだぼくにとってリアリティのある話だった。

そんなばかみたいな話に唯一リアリティを持たせてくれたのが、長峰との間で交わした何通何十通ものメールだった。ぼくらは恋人でもないという意味で、特別な関係ではなかったけれど、恋人でもないのにいろんなことを語り合ったという意味で、特別な関係だったといってもいい。

ぼくは平凡な高校生だったが、勉強してても、飯食ってても、ゲームしてても、通学バスに揺られてても、級友とバカ言い合ってても、ぼーっと教室の窓から校庭を眺め下ろしてても、常に心の片隅に宇宙とタルシアンと長峰美加子を抱えていた。

それが負担に思えたことも、もちろんあった。

関係ないって、長峰のことを無視しようとしたことも何度もあった。

だけど、宇宙から届くメールには抗えなかった。

はるか時間と空間を超えて届くメール。

まったく違った環境にいて、まったく違った目的をもって生きているふたり。
長峰の旅が続き、距離も時間もより大きく隔たっていくというのに、不思議なこと
に長峰へ寄せる思いはより強くなっていった。

その思いというのは、単純に好きとかそういうんじゃなくて、相手を気遣う気持ち
だったのかもしれない。それがはっきりしたのは、長峰からのメールが途絶えてから
だった。

長峰からの最後のメールは、冥王星から届いた。
冥王星到着のみを告げる、長峰にしてはごく短いメールだった。

三日とあけずに届いていたメールが、その後ぷっつり途絶えてしまった。
なにがあったのかと、さすがに不安になった。最悪の事態も脳裏を過った。

その不安は半分当たっていた。
艦隊がタルシアンと遭遇したこと。そして、小規模の戦闘が繰り広げられ、艦隊は
ハイパードライブによる一・一光年の回避行動をとったことが、不確かなニュースと
して公表されたのは、事が起きて四日も五日もたってからのことだった。

当初、小規模戦闘についても、味方に死傷者は出たのか、詳細が明かされるのにさ
らに三日を要した。

死者一名が出たという。

無数のタルシアンが出現したこと。タルシアンと戦闘行為に及んだこと。その戦闘による死者が出たこと。そのいずれもがショッキングだった。

長峰の参加しているプロジェクトが、危険をはらんだミッションを実行しているんだということを、このときはじめて思い知らされ、愕然とした。

長峰は日々危険と向かい合って生きている！

いやそれどころか、その死者というのが……。

長峰がその犠牲者本人かもしれないと考えると、居ても立ってもいられなかった。とりわけ、長峰からのメールが途絶えたままだったことが、不安をいっそうかきたてた。

いずれにしても、長峰が無事かどうかを確認できるまで、一年以上待たなければならない。こんなのって、ありだろうか？　結果はすでに出ているのに、その結果を知るのに一年間を無為に待たなければならないなんて。

長峰が死んでしまったなんて、思いたくもなかった。

きっと、生きてるって信じたかった。

だって、あんまりじゃないか。あいつが、なにか悪いことでもしたったっていうんだろ

うか。それともただ、あいつは単にすごく運が悪かっただけで、もし人並みの運にめぐまれていたら、ぼくといっしょの城北高校に進んで、ごく普通のたわいない高校生活を送っていたのだろうか？

長峰からのメールが届かない一年間。

長峰の生死が不明なままの一年間。

その一年間を平常心を保ったままでいられるかどうか、ぼくには自信がなかった。長峰が死んでしまったって決まったわけじゃないのに、心にぽっかりと穴があいてしまったような空虚感をぼくは感じた。しばらくは、なんにもやる気が起きなかった。

長峰のことばかりを考えて待ち続けるのは辛すぎると思った。

薄情なやつって思うかもしれないけど、長峰のことはできるだけ考えないようにすることに決めた。だって、どうしようもない。宇宙の広大さや時間の隔たりに対抗する手段が、いまのぼくにはなにもない。

そうやってぼくが平静を保とうとしていたのとは逆に、タルシアン出現の一報以来、世間は騒々しさを増していた。音沙汰なしだったタルシアンが、冥王星に大挙出現したのだ。ありがちなサイエンス・フィクションみたいに、そのまま地球を侵略しにやって来るんじゃないかって、そりゃもう全世界的大騒動だった。

しかし実際は、リシテア艦隊が消えてしまったことでタルシアンの群体もあっさりとどこかへ行方をくらましてしまい、世界的混乱はいったん鎮静化した。しかし、落ちつきを取り戻した後には、さまざまな声が噴出してきた。もちろん、一番大きな声は、「地球的規模の防衛網を緊急強化せよ！」というものだった。

またぞろ多額の国家予算が、国連宇宙軍関連に投入されることになるんだろうって思うと、ため息がもれそうになった。

またまた時代は逆行していくんだろうか？「贅沢は敵だ！」なんてスローガンのもとに、質素な暮らしを強要される世の中がやってくるんじゃないかって。いまでもぼくらは十分質素な暮らしをしてるつもりなのに。

また一方で、ごく少数ではあるが、国連宇宙軍及びその下部組織航宙自衛隊の閉鎖性に「情報公開せよ！」と批判の声をあげる者も現れた。きっかけは、タルシアンとの接触で犠牲者が出たことだった。犠牲者の名が公表されなかったことで、選抜メンバーの親兄弟たちが互いに連絡をとりあって、いままで公表されなかった乗員リストが、ほぼ完全な形でできあがってしまった。マスコミを通じて発表されたその内容は、ちょっとした波紋を国内に呼ぶことになった。また、その平均年齢は十八・六歳と、未成年者で占められ、すべてが女性であったこと。

ていたこと。

　長峰のメールからも、クルーの構成は知っていて、もちろん長峰も含めてどうして？　ってぼく自身疑問に思ってはいたが、こうしてメディアを通じて実態を明らかにされると、この異様な人選にいったいどういう意味と必然が込められているのか、あらためて知りたくなってしまった。

　国会でも当然のように議論を呼び、野党の追及に対し、防衛大臣が苦し紛れとも思える答弁をした。曰く、「トレーサー設計の段階で、搭載オプションをグレードアップさせたために、居住スペースを削らざるをえなくなった。その結果、主に身長というファクターから、若年者しかも女性に適性を求める結果になった。また、近年の宇宙勤労者から得られた多大なデータからも、閉鎖的宇宙環境下におけるストレス耐久性において、男性に対する女性の優位性はすでに実証済みの事実であり、その意味からも女性であることを選考基準の最優先項目とした」と。なんか、うそ臭い感じがした。

　いったんは盛り上がった議論だったが、クルーの人選問題は沸き起こる防衛論議の大音声にかき消されてしまった。

ぼくがほんとの意味で平静を取り戻したのは、二年に進級してからだった。

長峰のことを完全に忘れ去ったってわけじゃないけど、無意識の底では長峰のことを気にかけていたはずだけど、メールが届かないことには慣れっこになってきていた。その後タルシアンに関しては、再度姿を現すこともなかったために、一時の防衛意識の盛り上がりも鎮静化し、世間も平穏を取り戻しつつあった。

平穏である意味退屈なぼくの高校生活に、ひとつのハプニングが待ち受けていた。

それは六月のある日の放課後。クラブを終えて帰ろうと、なんの気なしに開けた下駄箱の中に、それはこっそりと仕掛けられていた。少女マンガかなんかでよく見るシチュエーション。まさか自分がそのハッピーな当事者に抜擢されるなんて、思ってもみなかった。宛名も差出人も記入されていない、白い小さな封筒。一瞬とまどったけど、中身の見当はすぐについた。たぶん、果たし状なんて物騒なものじゃないことはたしかだ。

ぼくは封筒を取り出すと姑息にも、左右を振り返り誰にも見られていないことを確認して、そそくさとバッグにしまいこんだ。

我が家に帰り着き部屋に飛び込むと、ドアに鍵してすぐさま封筒を取り出した。勉強机にきちんと置いて二、三歩さがり、いかに対処すべきかと遠目に睨みつけて

はみたが、余裕のポーズをとっていられたのはほんの三秒程度のことでしかなかった。

なんだかんだいっても、十七歳の若造にとってこういう素朴でピュアなアイテムは、てきめんな効果を発揮する。馬にニンジン。猫にマタタビ。ぼくも例外ではなかった。

あわてつつ慎重に、鋏を使って開封し、中身を取り出した。

質素な封筒とはうらはらに、出てきた便箋は薄いピンク色をしていた。

それだけで若造は舞い上がってしまったところを把握するのに、日本語解析力がいっきにダウンした。手紙の文字列のいわんとするところを把握するのに、ひどく時間がかかってしまった。

差出人の女の子は、高鳥瑶子という、まったく知らない名前の子だった。

一年A組。下級生らしい。

好きだとか、ストレートな言葉はなにも書いてなかった。

「明日の放課後、ちょっとだけ時間をください。ビオトープ脇のベンチでヘッセの詩集を膝に置いている髪の長い子がわたしです。」

翌日、若造は放課後が待ち遠しかった。

同じ弓道部の下級生から情報収集しておきたい気もしたが、後でからかわれるのが目に見えていたのでぐっと我慢して時間を待った。

２０４８年９月　階段上

件のヘッセの詩集だかに視線を落としている髪の長い女の子は、はたして指定の観察池脇の木製ベンチに待ち構えていた。

気配を感じてか彼女は顔を上げた。期待しないつもりでいたのに、その期待以上の容姿に、若造は先制パンチを浴びて言葉を失ってしまった。

「来てくれないのかって、心配してました。……はじめまして、高鳥瑤子です」

のっけから、彼女のペースにはまってしまっていた。

彼女は好きだともつきあってくれともいわなかった。だけど、「練習の邪魔しちゃいけないから」と追い返されるようにしてその場を離れたときには、しっかり次に会う約束を交わしたことになっていて、おまけに借りたいなんていった覚えもないのに文庫本のヘッセの詩集まで握らされていた。

まんまと彼女の罠にはまって、若造と高鳥瑤子との交際がスタートした。

絵に描いたような健全な男女交際。

もっぱら彼女のエスコートで、彼女のお気に入りの場所で、ぼくらはデートを重ねた。

もちろん、クラブの練習もあって、ぼくが自由になる時間は限られていた。彼女は

まるで私設秘書みたいに毎度まいどかいがいしく立ち働いて、ぼくの空き時間を最大限有効活用できるデートプランを立ててくれていた。

通学定期が使えるエリアにある、市立美術館だとか、図書館だとか、コンサートホールだとか。彼女がみつくろってくれるデートスポットは健康的でリーズナブルな場所ばかりだった。そういった公的な場所は、いままでのぼくにはほとんど無縁で、正直いってどれも興味のわかない退屈な場所だった。だけどぼくはすっかり彼女のペースにはまってしまっていて、その退屈さも楽しんではいた。

ぼくは、無意識のうちに長峰と高鳥を比較していた。

年齢のうえでは長峰のほうが一歳年上なはずなのに、高鳥のほうがずっと年上に感じられた。無理もないと思った。ぼくのイメージのなかの長峰は、ずっと中学三年生のまま、時の流れから置き去りにされたみたいに成長が止まっていた。

高鳥瑤子は、清楚な感じだけれど、しゃべりかたとかちょっとした仕草だとかが、おとなの女性を感じさせた。頭はよかったし、長身で容姿も悪くない。いや悪くないどころか、はっきりと美少女と言い切ってまちがいなかった。どうしてこんな子がぼくなんかに目をつけたのか不思議でならなかった。

彼女がいうには、弓道部在籍の二年男子寺尾昇は、女子の仲間内ではけっこう人気

なんだという。ただし、冷淡でチャラチャラしたことが嫌いで、女友達はもとより男友達とも話をしたがらない難物キャラで通っていたようで、アタックをかけようなんてそうとう勇気のいることで、ひとことでいえば近寄りがたい存在として捉えられていたのだと。

とんだ誤解だ。

ただ、長峰のことがあって、どこか人付き合いが悪くなっていたのはたしかで、はたからは気難し屋みたいに思われていたのは自分でもわかっていた。

高鳥は、そんな気難し屋なところに逆に興味をもってぼくに接近してきたらしい。

高鳥は、ぼくの心の空白を埋めてくれた。

ぼくの頑なになっていた心を溶かしてくれた。

高鳥のことを好きになったかどうか、それは自分でもよくわからなかった。

だけど、ごく普通の青春ってやつを高鳥がぼくに与えてくれたことはたしかで、すごく感謝している。

けれどもぼくは、こんなハッピーな青春過ごしてていいんだろうかって、後ろめたさも感じていた。やはり、心の片隅の小箱に仕舞い込んで鍵をかけたつもりでいた長峰のことが、無視できないでいたのだ。

長峰の存在が、高鳥に傾きかけるぼくの心に常にブレーキをかけていた。

ほっておけば高鳥のペースに巻き込まれ、ふたりの交際が進展していくのを、いつももうひとりの冷めた自分が引き止めていた。

「寺尾先輩、誰も入り込めない壁を作ってる。でも、いつかわたしが、きっとその壁を取り払ってあげる」

思いつめたような目をして、高鳥がそういったのを覚えている。

北風と太陽の寓話じゃないけど、そうやって高鳥に宣言され、太陽のように温かな愛情を注がれたというのにぼくは、寓話の結末に逆らって、ますますコートの襟を立てる偏屈者の旅人と化してしまった。まったく、やせ我慢もいいとこだ。

長峰の生死がはっきりする日が近づいていた。

ぼくは、ぼくだけが向き合わなければならない、もうひとつの現実に呼び戻されようとしていた。

その日ぼくは、決意をかためていた。

長峰の結果を待って高鳥を受け入れるかどうかを決めるなんて都合のいいことは、やっぱりぼくにはできなかった。どうしてって聞かれても、うまく答えることはでき

ない。

高鳥にはそんなぼくの決意を見透かされていたようで、クラブの練習をサボってい

っしょに帰ろうって誘ったとき、いつものように嬉しそうに頷いたあとに少し淋しそ

うな表情を見せた。通学電車を降りて駅舎を出たとたんに、九月の冷たい雨が降って

きた。ぼくは折りたたみの傘を取り出し、ふたりで差した。

高鳥は無言でぼくにもたれかかってきた。衣替え前の夏服の袖から伸びている細

くて白い腕が寒々しかった。ときどきぼくの腕に触れた。柔らかで冷たかった。

階段坂に差しかかったとき、いわなければと思った。そこを過ぎると彼女の家まで

送っていかなければならなくなる。

ぼくは立ち止まり、半歩彼女の前に踏み出して向き直り、いった。

「ゴメン。もう、これ以上つきあえない」

すると高鳥は「わかってた」と消え入るような声でいって、小さく頷いた。ぼくは

傘を彼女に突き出し、雨のなかに飛び出した。

振り返らずにコンクリートの階段を駆け上った。

上りきったところに懐かしいものがあった。

あの夏の日、長峰と雨宿りしたプレハブのバスの待合い小屋だった。

通学路が変わって、寄り道する場所も相手も変わって、ここ二年まったく通ること

のなかった道だったが、周囲の景色になんの変化も感じられなかった。無用の小屋も、

二年分古さを増した格好で、依然としてもとの場所に居座っていた。

ほっとした気分でぼくは小屋に飛び込んだ。

先客は誰もいなかった。集会をひらいているはずの猫たちの姿もなかった。

ベンチに腰かけ濡れたシャツの袖を絞った。

バカなやつと自嘲しながら空模様を見上げ、雨止みを待つことにした。

そして二十分くらいそうしていたとき不意を突いて携帯が鳴った。

それは、一年の旅程を終えてたどり着いた長峰からのメールだった。

文面は途中で途切れてはいたが、ワープアウト後に発信したことは間違いなさそう

だった。つまり、長峰は生きていてくれた。

うれしさが静かにこみ上げてきた。

2047年9月　シリウス

リシテア艦隊がワープアウトした地点〈シリウスラインβ〉は、近傍になんの星系

も存在しない闇に包まれた虚無空間だった。

ミカコは、ワープの瞬間を、回収されガレージへと運ばれるトレーサー上で迎えた。

艦内に響き渡るカウントダウンが十までできたとき、主要なすべての電源が落とされ、

艦内は闇に閉ざされた。

ミカコのトレーサーを運ぶコンテナも、軌道上で動きをとめた。

安全のため、トレーサー内部の電源も艦に連動して強制的に落とされ、ミカコもま

た、たったひとり闇に包まれた。

突然訪れたタルシアン。そして初めての実戦。

その興奮の余熱がまだ冷めやらず、ミカコは心臓を高鳴らせ息を荒らげ膝を小刻み

に震えさせていた。

戦闘に勝った喜びよりも、タルシアンと直面したときの恐怖感のほうが強烈なイン

パクトとなってミカコを痺れさせていた。

触手の檻に取り囲まれたときの、いいようのない恐怖感。ビーム・ブレードで切り裂いたときの肉が弾ける生々しい手応え。何度も繰り返した演習の後の、心地よい疲労感はどこにもなかった。

——これは、部活なんかじゃない！

とんでもないことに巻き込まれてしまったことを、いまになってミカコは否応なく実感させられていた。

闇のなかにひとりぼっち。早く仲間のもとに戻って、あらいざらい起こったこと見たことやったことを吐き出したかった。吐き出せば、すこしはこの重苦しい気持ちを楽にできるような気がした。

ワープの瞬間、ブースがわさわさと揺れた。トレーサー内部のそこかしこが、高周波の軋み音をあげた。細胞のひとつひとつをすりこ木で擂り潰されていくような、いままでに一度も感じたことのない不快感が襲ってきた。どこかへ向かって、体全体が引っぱり上げられるような、吸い寄せられるような、不思議な感覚も同時に味わっていた。

ほんの数秒でワープは完了した。

トレーサー内の電源が戻り、やや遅れてガタゴトとトレーサーを載せたコンテナも

動き出した。ワープ終了を告げる、艦内アナウンスが鳴り響いた。

艦内のメカニズムは順調に復旧していったが、乗員たちが動き出すのにはいくらか時間を要した。いいようのない不快感は徐々に消え去っていったが、痺れるような感覚とだるさがいつまでも全身から抜け落ちず、身動きがとれなかった。

——あっ。ノボルくんに伝えなきゃ。

床に落ちていた携帯を、必死の思いで体をねじり腕を伸ばして拾い上げた。指先の自由がきかず、それ以上文面を書き足すことはできなかった。送信ボタンを押すのがやっとだった。

——届くかな？

現在地の確定に戸惑っているのか、携帯が着信所要時間を表示するのに、えらく時間がかかった。

〈398日13時間XX分XX秒〉

自信のなさを携帯なりに謙虚に表現した表示だった。

——ノボルくん、高二になってるんだ。

淋（さび）しさがこみ上げてきた。

127　２０４７年９月　シリウス

えられた個室へ戻った。そのとたん、呼び出しがかかった。

艦橋からだった。

ミカコたちトレーサー乗りの居住スペースと、艦橋を中心とした操艦スタッフの居住空間とは厳然と隔てられており、両者が直接顔合わせすることはめったになかった。

ミカコも、三十名弱と聞いていた操艦スタッフを艦内で見たことは一度もなかった。初めて艦橋から呼び出しがかかり、その呼び出した相手が、艦長よりさらにお偉い、艦隊総司令官と知って驚いた。

艦橋までは、実際以上に長い道のりに感じられた。

総司令官室に招き入れてくれたのは、五十年配の青い目の司令官、ギルバート・ロコモフだった。映像では何度もお目にかかっていたが、直に会うのははじめてで緊張した。

やわらかい笑顔で出迎えると、ロコモフ司令官は流暢な日本語で語りかけてきた。

「ナガミネくん、ごくろうさまでした」

椅子をすすめられた。

「きみのすばらしい活躍のおかげで、タルシアンに関して、貴重なデータが収集でき

ました。こころから感謝しています」

ごつい手で握手を求めてきた。ミカコは応じた。

「きみの功労に、なんらかの褒賞を考えています。なにか艦内で不自由していること
はありませんか？　欲しいもの、食べたいものはありませんか？」

ご褒美をあげようというわけだ。子ども扱いされているようで素直に喜べなかった。

「それより、教えてほしいことがあります。ちゃんと答えてください」

「聞きましょう」

執務席につき居住まいを正して司令官はいった。

「タルシアンと戦ったのは、正しかったのですか？」

司令官からすぐに返事はなかった。

「タルシアンは、わたしたちの敵なんですか？」

司令官は考え込んでしまった。

「正直なところ、わたしにもまだわからない。彼らに語りかける手段を、わたしたち
はまだ持ち合わせていない。タルシス遺跡からの多数の出土品を分析した結果、彼ら
の言語を知る手がかりとなるようなものは、なにひとつ見つけることができなかった。
つまり我々の文字に相当するようなものが、彼らにはないのかもしれない」

「それじゃ、わたしが戦ったことも、間違いだったかもしれないんですね」

「いや、やはり戦うしかなかった。現に犠牲者が出ている。もし戦わなければ、こっちがやられてしまうことになる」

「それじゃ、こんどまたタルシアンと出会ったら、やっぱり戦っていいんですか？」

「状況にもよるが、命令に従ってもらう。戦うかどうかは、わたしが判断する」

「わかりました。命令に従えばいいんですね」

深くうなずくと、ロコモフ司令官は声の調子を変えていった。

「そう、ひとつ聞いておきたいことがありました。戦闘中、タルシアンが触手のようなものできみを取り囲んだことがあったね。あれは、なにか攻撃の一種だったのかね？」

「さあ、攻撃とは感じられなかったけれど、あの後、攻撃に移るつもりだったのかもしれません。大きな目玉でじろじろ見られて、とっても恥ずかしかったし、気持ちが悪かったけど」

「見られて恥ずかしかった……。わかった。ひょっとしたら、彼らもわたしたちのことを手探りで知ろうとしているのかもしれない。うむ、ありがとう。きょうは交替勤務から外れていいよ。ゆっくり休養しなさい。そう、あさって、艦隊は大移動を行う

ことになる。ショートカット・アンカーを使ったワープを行う。目的地は、シリウス星系。地球から八・六光年離れた場所だ。必要な相手がいたら、今日明日中に連絡をとっておきなさい」

——地球から八・六光年!

そう聞いただけで、気が遠くなりそうだった。

ノボルくん。

ミカコはいま、地球から一・一光年離れた場所にいるよ。

ノボルくんはいま、高校二年生なんだね。

きのうのメールちゃんと届いたかな。中途半端なメールで、ゴメンね。どうして連絡もなしに一年以上メールが届かなくなってしまったのか、だいたいの事情は伝わってるよね。

そう、タルシアンは、いきなり現れたの。それに、ハイパードライブも急な決定で、メールを打ってる暇もなか

った。

きのうのメールは、無事でいることだけでも知らせたく
て、書きかけのをワープアウトのすぐ後に送ったの。

でも、ほんとうに心配かけちゃったね。ゴメン。

それとも、あんまり待ちくたびれて、ノボルくん、ミカ
コのことなんかとっくに忘れてしまったかな。

とにかく、ミカコは元気でいるよ。

ところできょうは、重大なお知らせがあります。

あした、艦隊はまた、ワープすることになりました。

今度は、ショートカット・アンカーを使っての思いっき
り遠くまでのジャンプ。地球からだと、八・六光年の場
所。

ミカコはほんとに、遠い遠い宇宙へ行っちゃうんだよ。

これがどういうことかというと、これからは、お互いの
メールが届くのに、八年七ヶ月かかってしまうってこと。

わたしたちは、まるで宇宙と地上に引き裂かれた恋人み

たい。

次のメールが届くとき、ノボルくんは二十四歳。

ミカコのこと、忘れないでいてくれるかなあ。

それじゃ、おやすみ。

　　　　　悲劇のヒロイン気どりのミカコより

　ワープアウトしたリシテア艦隊の乗員たちを出迎えた光景は、どこか懐かしさを感じさせるものだった。

　燃え盛る真っ赤な太陽とそれを囲んで周回する惑星たち。

　ショートカット・アンカーが見つかった予備調査の段階で、アガルタと名づけられた第四惑星に、地球とよく似た環境が備わっていることが判明した。

　ワープ前夜、ミカコたちトレーサー乗りは全員ランチルームに召集され、アガルタ調査計画について簡単なレクチャーを受けた。

　短期的には、アガルタ全土の地上探査を行い、この惑星にタルシアン文明の痕跡がないかを調査する。また、長期的には、この惑星に拠点を築き、さらに遠い宇宙へ向

けてタルシアン探査の手を延ばす、その足がかりとしたいことを。

ただし、これはあくまで調査計画のアウトラインであり、調査期間については調査の進展を見て決めることとする。

ワープアウト後、艦隊はただちにアガルタ衛星軌道へと移動した。

半日をかけ衛星写真を撮り、その写真をもとにかなりな精度の地図が作成された。

その地図をもとに、艦船ごとの調査担当エリアが線引きされた。さらに艦船ごとに調査隊の編制がなされ、エリアをグリッドに細分し、各隊員への割り当てが発表された。

調査で地上に降りるトレーサーと艦船に残るトレーサーを半々とし、十二時間の交替勤務とした。地上調査の隊員は、十二時間をめいっぱい調査活動の時間にあて、艦船待機の隊員は、休養と緊急出動時待機にあてることとなった。調査期間は明言されなかったが、支障なくスケジュールどおりに調査が進展すれば、一ヶ月で全グリッドが探索される予定だった。

十隻の艦船はそれぞれの担当エリア上空へと、降下散開していった。

そして、各艦船から、調査一日目、第一班のトレーサーおよそ五十機が、順次地上へ降下していった――。

大気圏突入を果たし、足下に地上の景色が見えてきたとき、ミカコはほっとさせられるような気分を味わっていた。

久々に目にする緑だった。

アガルタの大地は、緑一色に覆われていた。

月面ベースキャンプに強制収容されて以来、メタリックでモノトーンな色調ばかりに囲まれて生活してきた。太陽系内では、立ち寄ったどの惑星やどの衛星でも、生命活動を感じさせる色彩にお目にかかることはできなかった。

この一年と数ヶ月、乾ききった環境で生活してきたことを、ミカコはアガルタの緑を目にしてつくづく実感させられた。

低空に白い雲がたなびき、その雲間から地上を覆う草原の黄緑と森林の深緑が垣間見（み）られた。高度が下がるにつれ、地上の有様がより明らかになっていった。山岳があり、丘陵があり、渓谷があり、川が流れ、湖に陽光が反射していた。

いっせいに降下した五十機のトレーサーは、地上千メートルの上空に到達したところで、傘を開くように四方八方へと散開していった。

ミカコは、近傍エリアの担当となった僚機五機と編隊を組んで、目的地まで飛行し

た。

低空に、隊列を組んで飛ぶ鳥らしきものの姿も確認できた。

感動的な眺めだった。

地球以外にも生命に満ち溢れた星が存在し、第一発見者として、自分がその光景に接しているのだ。

それぞれの担当グリッドが近づいたところで編隊飛行を解消した。

ミカコはひとりぼっちになった。

地上に降り立った。周囲はゆるやかな起伏の草原地帯。

大地を踏みしめて立ったトレーサーの足下の草原から、なにかの小動物が多数、びっくりしたように飛び跳ね、一瞬陽光を浴びてその姿を現し、すぐまた草むらのなかへともぐりこんで姿を消した。

ミカコの担当グリッドは、一辺が約百キロメートルの正方形。思った以上の広範囲となっていた。まともに探索すると、とてもじゃないが追いつかない。

しかしミカコは命令どおり、歩行調査を開始した。

大地を踏みしめトレーサーが、一歩一歩進んでいく。

月面基地でさんざん繰り返した基本動作が、こんな場所で役にたってくるとは。

周囲は見渡す限りの草原で、タルシアンの痕跡など、見つけたくても存在していそうになかった。

退屈な行進がはじまった。

——痕跡って、なにを？

地上建造物が存在しないことは、マップ作成の段階ではっきりしていた。

ミカコは二時間ほど自分で操縦し、あとは機載コンピュータに任せることにした。

地球の風景によく似ていると、ミカコはあらためて思った。

しかし実際の地球には、こんな風景はありえない。

ここアガルタの自然は、まったく手付かずの自然そのものだった。アガルタの大地は生命に溢れている。しかしそこには、知的生命体の存在を窺わせる匂いのようなものはなにも感じられなかった。

その決定的な差異に、ミカコはかえって地球の、見知った身近な風景を懐かしく思った。

さらに二時間ほど歩いた。

草原がさわさわと騒ぎ始めた。風が出てきた。黒い雲が空を覆い始めた。

ミカコは、トレーサーの歩みを止めた。

——あ、雨。

夏の通り雨のようなぱらぱらとした雨粒が、天から降り落ちてきた。

雨に打たれトレーサーは立ち尽くした。降り募る雨が地上の彩を塗り替えていく。

雲間からスポットライトのように陽光が射し込む。

空を仰ぎ見るミカコの目に、涙が滲んだ。

——雨にあたりたいな。

——コンビニ行っていっしょにアイス食べたいな。

ミカコは目を閉じ、こらえていたものを吐き出すようにいった。

——会いたいよ、ノボルくん！

頬を伝い涙が零れ落ち、制服のスカートを濡らした。

二十四歳のノボルくん。こんにちは。

十五歳のミカコだよ。

ね、わたしいまでも、ノボルくんのこと、すごくすごく好きだよ。

ミカコは祈りを込めて送信ボタンを押した。

──お願い届いて。

連れ去られて以来、訓練に明け暮れ与えられた課題をこなしスキルを身につけていくことに精一杯で、我が身を振り返る間もなかった。いや、あえて自分を追い込むことで、受け入れがたい不条理に目をつぶってきた。

でももう限界だった。

ミカコは泣いた。気持ちのままに泣いた。

一年間、流すことのなかった涙が、とめどなく溢れ出て流れ落ちた。涙涸れるまで泣き、泣き疲れぐったりとシートにもたれかかった。

ふっと、誰かの気配を感じた。

──誰?

目を開けた瞬間、眩しい光が飛び込んできた。

いくつもの映像が、瞬時に網膜を掠め去った。

自宅の高層マンション、剣道着姿のわたし、踏み切りで貨物列車を通過待ちしているわたし、誰も居ない教室、雑然とした机、黒板には寺尾昇と長峰美加子の相合傘の

落書き、ノボルくんの自転車に二人乗りしているわたし、バスに揺られ居眠りしたふ
りしてノボルくんの肩にもたれかかったわたし……。

どれもが懐かしい、心のアルバムにしまった忘れえぬ映像。

だけど、誰かが盗み見してる。大きな目で盗み見ている。

一瞬、タルシアンの姿が視界をよぎった。

はっとなってミカコは顔を上げた。

そして少し幼い自分が目の前にいた。

草原に、誰かと向き合ってふわふわと浮かんでいるわたし。

「ねえ、やっとここまで来たね」

幼いミカコがやさしく話しかける。

「おとなになるには痛みも必要だけど、あなたたちならずっとずっと先まで、もっと
遠い銀河の果てまでだって行ける。……だから、ついて来てね。託したいのよ、あな
たたちに」

ミカコは悲しそうな顔をして、だだっ子のようにいやいやと首を振った。

「だけどわたしは、ノボルくんに会いたいだけなのに……。好きって、いいたいだけ
なのに……」

泣き濡らしたはずの涙がまた、溢れ出てきた。

ミカコは突っ伏して泣いた。誰もいない、中学の教室で、机に伏せて泣いた。

西日が射し込み、教室を赤く染め上げる。

「大丈夫。きっとまた会えるよ」

泣き伏してしまったミカコを、こんどは大人になったミカコがやさしく慰めた。

大人のミカコはそれじゃと背を向ける。振り返ると、二人のミカコとの間を線路と踏み切りが隔てていた。ミカコが追おうとすると、遮断機が下りる。目の前をＪＲ貨物列車が通り過ぎた。そこには、もう誰もいなかった。

踏み切りも線路も、いつの間にか消えてなくなっていた。

視界にひろがっていたのは、アガルタの草原だった。

いつの間にか雨が上がり、草原の草葉は生き生きした色に輝いていた。

——なんだったの？　夢？　わたし、居眠りしてたの？

それにしてはあまりにリアルな映像だった。

——ほんとに、あなたがタルシアンだったの？　敵のわたしなんかに、なんで話しかけてきたの？

はっとなってミカコは周囲を見回した。

トレーサーは大地の裂け目の崖っぷちに立っていた。

——いつの間にこんなところに？

屈みこむようにしてトレーサーを屈曲させ、崖を覗き込む。

「なに、これ？」

どこかで見た景色に似ていた。

——そう、タルシス遺跡！

そっくりな形の住居跡が、崖に張りつくようにいくつも積み重なっている。

——見つけた！　アガルタにあるから、アガルタ遺跡ね。

さっそく、報告しなくっちゃと、通信回路を開いたときだった。逆にミカコを呼び出す警戒音が鳴り響いた。

『タルシアン出現、タルシアン出現！』

たちまちスクリーンがミッション・マップに切り替わる。

『各地で出現したタルシアンが、調査隊を襲っている。全隊員に告ぐ。直ちに応戦せよ』

——どうして？　これがあなたのいう痛みってことなの？

天空からなにかが猛スピードで降ってきた。

一キロほど先の大地に突き刺さり、盛大な火柱を上げた。

——どうして、戦わなければならないの？

ミカコは手の甲で涙を拭うと、形相を変えた。

戦士の顔になっていた。

2048年9月　昇自室

太陽系外縁から送られてきた長峰からの二通目のメール。

わたしたちは、まるで宇宙と地上に引き裂かれた恋人みたい

思わずぼくは、ボタンを押す手を止めてしまった。

タイミングが良すぎたのか悪すぎたのか、高鳥を振った（？）ばかりのぼくには、あまりに重い内容だった。

たった一年で、このありさまだった。

八年七ヶ月がどういう意味をもつことになるのか、即座には想像がつかなかった。

長峰自身も、こんな長旅になるなんてことは、ひとことも聞かされてなかったはずだ。

詐欺だ、ペテンだ、人攫いだ、だまし討ちだ。ひどい。ひどすぎる。

この怒りを誰にぶつければいいのか。

145　２０４８年９月　昇自室

ぼくにできることは、この怒りを長峰と共有することだけだった。

それにしても残酷だと思ったのは、一年間待って、メールが届いたのはいいのだが、返事のしようがないことだった。

いまもう長峰はワープ先の太陽系外縁にいないのは確かで、かといって、次の移動先シリウス星系にまだいるかどうかもわからない。

ぼくがメールを長峰に打てるのは、八年七ヶ月先にシリウス星系に到着した長峰からのメールが届いてからの話で、それだってその時点ではもう、長峰はまったく別な場所にいるかもしれない。

けっきょくぼくは、こと長峰に関しては、メールを待つだけの存在になってしまったということだ。

この八年何ヶ月かの間に、長峰が一時的にでも地球へ戻ってくる可能性があるだろうかと考えてみた。たぶん、ハイパードライブはもう使えないだろう。亜光速エンジンを使うと、光速までどう効率よく加速したとしても、倍近い時間がかかってしまう。

可能性として、帰りのショートカット・アンカーが運良く見つかった場合が考えられた。一年たったいまでも長峰が帰ってきていないことからすると、シリウスからの復路のショートカット・アンカーはまだ見つかっていないのだろう。いや、見つかっ

てはいても、上層部の判断により服務続行中で、帰還は許されていないだけなのかもしれない。

待つこと以外にぼくになにができるだろうか？

気が遠くなるほど時間はたっぷりある。

なにか、はっきりした目標を掲げ、それに向かってがんばってみよう。

決して開くことのない扉を、無意味に叩き続けることはもうやめよう。

心を硬く閉ざし、たったひとりで大人になろうと心に決めた。

2056年3月

防衛大学生寮

過ぎてしまえば八年なんて、あっけないものだと思った。

長峰からのメールを待ち続けるかわりに、ぼくはぼくの歩むべき道を模索し、そし

て選択した。だけど、長峰のことを忘れたわけじゃない。

あのころ使っていた携帯は、いまも手放さないで使っている。

使っているといっても長峰専用の携帯で、実際に鳴ることはない。

だけど、充電をまめに行い、契約更新の手続きも忘れずに行ってきた。

だからたぶん、うまくすれば、ここ二、三日うちに長峰からのメールが届くはずだ。

ぼくはいま、六年間過ごした大学の学生寮の一室で、ちょっと幸せな気分にひたっ

てぼーっとしている。春のやわらかな日差しが部屋に差し込んでいる。風はまだ冷た

いが、ぼくは窓を全開にしている。

六畳間の個室が、やけに広く感じられる。

入寮したときはこんなだったっけと、六年前を振り返ってみる。

引越し屋が何を勘違いしたのか、きのう一日早くやって来て、まだ荷造り途中の私

物一切をコンテナに放り込み、有無をいわさず持って行ってしまった。

だから部屋にはなにもない。寝具も撤収されてしまったから、昨夜は後輩何人かから余ってる布団や毛布を借り集めてどうにかやり過ごした。今週いっぱいはまだいていいことになっている。

部屋に残っているのは、着替えを入れた旅行バッグと、壁に吊るした国連宇宙軍の制服。こればっかりは引越し荷物といっしょくたにされちゃたまったもんじゃないと、引越し業者の手からひったくり持って帰ることにした。

この春から通信技師として艦隊勤務が決まっている。

高二のときの進路選択は、たぶん間違っていなかったと思う。

そのころまだ、航宙自衛官はいまほどの人気はなくて、それでも防衛大となると狭き門であることに間違いなく、合格できたのはぼくなりに必死に勉強した結果だと思っている。それでも、ストレートに艦隊勤務につけるとは思っていなかった。航宙自衛官も組織的に見れば国連宇宙軍に組み込まれてはいるが、艦隊勤務となると超狭き門だ。

ぼくは工学部通信学科を受験し、大学院まで進んだ。

その先研究職として大学に残る道もあったが、あえて現場を選んだ。最初っからそ

のつもりだったからだ。

長峰がきっかけで宇宙に興味を持った。

といえば聞こえはいいが、そんなの嘘だ。

十六、七の若造の行動原理なんて、もっと単純でひとにはとうていいえないほど恥ずかしいものと相場が決まっている。

そう、長峰にもういちど会うために、ぼくはこの道を選んだ。

好きとか嫌いとか、そういうんじゃない。

会ってどうしようっていうんでもない。

……でもまあ、ぼくが勝手にそう思い込んでいるだけで、長峰はもうぼくのことなんか忘れてしまっているかもしれない。それはそれでかまわない。

会って、無事でいたことを確認し、ぼくがメールを待っていただけじゃなかったことを、身をもって伝えたい。それだけのことだった。

そしてただ、もしそうであれば、九年が経ったいまでも、中学のときのようにぼくたちは、なにか共有できるものがあるかどうかを、聞いてみたかった。

だいいち、同じ国連宇宙軍に所属しているからって、長峰に必ず会えると限ったわけじゃない。ただ、第一次タルシアン探査隊の報告を待って、もうじき第二次タルシ

アン探査隊が組織されるはずだ。確かな筋ではないが、そういう裏情報は掴んでいる。

それに、永遠に会えない可能性だって考えていないわけではない。

こういう噂がある。

「コスモナートには、冷凍精子や受精卵が積んである」っていう。

もちろん、人間のだ。

どういうことかというと、第一次探査隊の選抜メンバーには、勤務期限がないということだ。タルシアンの所在を確認できるまで、一生帰ってこなくていいってことだ。

それどころか、何世代にもわたって目的を果たすまで探査の旅を続けなければならないってことだ。そのために、次世代隊員を産み育ててもらうために、選抜メンバーをすべて若い女性にしたということなのだ。

人権無視もいいとこの、とんでもない話だ。

だけどいまは非常事態下で、仮にこの噂が真実として公表されたとしても、世論の反発を買うのは、ほんのいっときのことかもしれない。

長峰は、いまごろどこかの星でお母さんになって、子育てをしているかもしれない。

想像したくなかったが可能性として考慮に入れ、それはそれで冷静に受け止める覚悟でいよう。

だけど、同じ趣旨で第二次探査隊も女性のみで構成されるとしたら、間違ってもぼくにはお呼びがかからないことになる。性転換手術を受けることも、一時考えないでもなかった。子どもが産めなきゃ意味ないのかと、すぐにその考えは却下したけど。

いずれにしても地球でぼーっとしているよりは、再会できる可能性は高いのではないかと、単純に若造は思ったわけだ。

この六年、ぼくの考えがずっと揺らがなかったといったら嘘になる。

普通のサラリーマンも悪くないかなって思った時期もあった。

だけどとにかくここまで来れた。

長峰には感謝している。

急いではいないけど、きょう実家へ帰る予定でいる。

午前中だけでもここでのんびりしていようと思った。

携帯が鳴ったのは、出支度をしようとしかけたときだった。

二十四歳のノボルくん。こんにちは。
十五歳のミカコだよ。

たった二行のメールだった。

あとはノイズで判読不能だった。

だけど、届いたことだけでも奇跡だと思った。

ミカコの思いが、はるかな時間と空間を超えて、伝わって来たのだと。

十五歳のミカコは、ぼくになにを伝えたかったのだろう?

いま、二十四歳のミカコは、どこにいてなにをしているのだろう?

そして、なにを思っているのだろう?

会いたいと、切実に思った。

2047年9月

アガルタ

スクリーン上に襲撃のデータが次々と飛び込んでくる。

アガルタ全土に配分された調査隊五百名、五百機のトレーサーの現在地を示す緑のドットが球状マップに示され、それとほぼ同数の赤いドットが、緑の点列に折り重なるようにして次々と刻印されていく。

戦火が上がった地点は四角く囲われナンバーが打たれていく。その数字はたちまち二桁に跳ね上がり、いくらも待たないうちに三桁に達してしまった。

警報が鳴った。

天からの一撃から数秒も置かず、一体のタルシアンがミカコを襲ってきた。

「どこ？」

天を見上げる。

雲を割って銀色のタルシアンが急降下してくる。

「どうして、わかんない。わかんないよ」

ミカコは奥歯を噛みしめ、戦闘行為を開始した。

ブースターをめいっぱい噴かす。トレーサーが草原から垂直上昇する。

同時にミカコは、八基のミサイルを上空に向け撃ち放った。

タルシアンは、赤いビームを前方を薙ぐように放ってくる。

赤いビームの照射に射貫かれ、ミサイル四基があっけなく空中分解する。

残った四基はすぐさま散開し、照射を避けた。

「当たって！」

その間ミカコは、上昇するトレーサーの軌道を横滑りさせ、敵タルシアンの予想通り

過地点へ、バルカン砲を叩き込んだ。

タルシアン側も、じっとはしていなかった。ミサイルを薙ぎ払ったところで、ビー

ムの矢先をトレーサーへ向けてくる。

トレーサーのセンサーがビームに瞬時に反応して、電磁バリアを張る。

ビームの到達とともにバリア面に、すさまじい光を発して稲妻が這い回る。

スクリーンの画像が、一瞬大きく歪む。

「大丈夫、いける！」

初撃を防ぎきった。

ほとんど同高度まで降下してきたタルシアンを振り返る。

残り四基のミサイルを避け切り、無数の砲弾もかわされてしまった。

「今度こそ、当たって！」

上昇加速を止め、ミカコは下方へ向け二撃目を放つ。タルシアンが上昇に転じる。また、ビームを放ってくる。

砲弾の網をタルシアンが掠め抜け、更に上昇してくる。

「当たった？」

バリアが張られ、すさまじい稲光に視界を失う。

視界が晴れたとき、タルシアンははるか高みに上昇を終えていた。

警報がまた鳴った。

『軌道上、タルシアン群体出現！　トレーサー部隊、地上戦終了後、直ちに各所属母艦を援護せよ！』

スクリーンに目をやる。

途方もない大群が、マップ上に赤い塊となって存在していた。

アガルタ周回軌道上に散開していた各母艦が、艦隊決戦に備えてリシテア号周辺に集結しはじめていた。

「急がなくちゃ！」

地上戦マップに目をやる。

戦闘終了したエリアに、×印が打たれていた。敵と味方の被害状況が、無表情な数字となって並んで表示されている。〈トレーサー部隊──23〉の数字が、見ている間に24に増加した。

──これって、みんなやられたってこと？

タルシアン側の数字は19。しかも、総個体数は把握されていない。

地上戦マップ上の赤い点は、減るどころか増えているようにすら見える。

地上にあるどこかの基地から、続々と支援部隊が送り込まれでもしているのだろうか。

「ぐずぐずしてられない！」

ミカコはタルシアンを追って上昇した。

低層の綿雲を突き抜けると、地上の様相が眼下に一望できた。

草原、林野、中空。

視界の利くかぎり、十数箇所で砲煙が上がっている。

──こんなのって、ひどい！

いいしれない怒りがこみ上げてきた。

——どこが探査隊なの？　これじゃまるで戦争しに来たみたいじゃない！

ミカコは、全速力でタルシアンを追った。

——動きがおかしい。

タルシアンのスピードが落ちている。

ぐいぐいと追い上げ、ぴたりと背後につける。

銀色の甲羅の一部に、赤黒い弾創が認められた。

——当たってた。

振り切ろうと、タルシアンは急降下をはじめる。

すかさずミカコも、旋回降下した。

背後からバルカン砲を撃ち込む。

銀の甲羅から突き出た突起物に当たり、折れ弾ける。

タルシアンはバランスを崩し、錐揉みしながら墜落していく。

——まだ。逃がさない！

ミカコは追った。

墜落寸前、タルシアンはバランスを立て直し、湖面を掠めるようにして水平飛行を

湖面が眼下にひろがる。

はじめた。上昇しようとするが、機首が上向かない。

湖畔にひろがる森めがけ、タルシアンは突入していく。

ばりばりと高木を薙ぎ倒し、タルシアンは崩れるように止まった。

追ってきたミカコは、踏みつけるようにして足下にタルシアンを組み敷いた。

「ゴメン、止めよ!」

振りかざしたビーム・ブレードを、銀色の甲羅に突き立てた。

引き抜くと、鮮血が高々と迸った。

「急がなくちゃ!」

休む間もなく、ミカコは飛び立った。

マップ上に母艦リシテアの現在地を確認し、猛スピードで上昇を続ける。

艦隊は結集し終え、旗艦リシテアを要に、扇に陣形を組んでいた。

成層圏に抜け出ると、マップ上ではなく、機載カメラの映像として艦隊を捉えることができた。

母艦へ向けて、地上戦を切り上げた僚機が続々と集結しはじめていた。

「ミカコ、無事だったんだ」

スクリーンに割り込んできたのはサトミだった。

「あっ、サトミさん。どこ……?」

脇に小さく追いやられたマップ上を探す。

「とっくにリシテアの護衛についてた」

襲われなかったの」

旗艦リシテアを取り囲む緑の点列のひとつがブリンクして、サトミの居場所を教えた。運が良かったのか、あたしの担当グリッドは

「みんなは？」

「いまは教えない。犠牲者は顔見知りからも出てる。でも、いまは誰って聞かないで。教えたあたしも、すぐに犠牲者のひとりに数えられるようになるかもしれないから。いい。とにかくいまは余計なことは考えない。戦いに集中。生き延びることだけ考えようよ。それで、戦火が収まってもし生き残っていたら、真っ先にあたしを呼んでね」

「サトミさん……」

サトミは笑顔を作ろうとしていたが、目が笑っていなかった。

「下からも、続々と敵さんがやって来るよ。忙しくなるからね」

サトミの言葉どおりマップ上に、いくつもの赤い点が地上から上昇してくる。

「リシテア、守らなきゃね」

「うん」

「それじゃ、グッドラック！」

ぎこちなくウインクすると、サトミはスクリーンから消えた。

こんな場所にいたくなかった。こんな場所からはすぐにも逃げ出したかった。

いますぐ地球へ飛んで帰って、ノボルくんに会いたかった。

会って「好きだよ」って告げたかった。

——どうして言えなかったんだろう。

——中学生でいたとき、チャンスはいくらでもあったのに……。

——どうしてこんなことになってしまったんだろう。

いま、言いたい。

好きだって告げたい。

まだ、生きているいま。

——生きなきゃ。

——思いが時間と空間を超えて、ノボルくんに届くまで。

——二十四歳のノボルくんに、十五のミカコの思いが届くまで。

『警告！』

機載コンピュータがアラームを発し、ミカコは冷酷な現実に引き戻される。

『下方よりタルシアン接近。三機編隊、距離八〇〇』

バルカン砲の残弾をチェックする。

ミサイルも残りをチェックする。

「やれるだけ、やるしかない」

ミカコはトレーサーを反転させた。

艦隊決戦は、静かに幕を開けた。

タルシアンの群体は、悠々とした足取りで、陣形を組んだ艦隊へ接近してきた。

大タルシアンは、コスモナートをひとまわり小さくしたサイズ。紡錘形を平べったくした外観は、コスモナートによく似ている。表面はタルシアンの甲羅に似た銀の輝きを放ち、棘状の突起が不揃いに生え出ている。

大タルシアンは、その数五十近くに及んでいた。

すべての大タルシアンが、鼻先を艦隊に向け、ゆっくりと間合いを詰めてくる。

有効射程に、相手を誘き寄せようとするかのようにゆっくり。

距離を十分に詰めたところで、大タルシアンに張りついていた単体タルシアンが、いっせいに分離して周辺に散開した。

艦隊側は、これに対抗して、艦内待機させておいたトレーサー隊を、一気に戦いの場へ放出した。

すさまじい空中戦が、両陣の周辺で開始された。

その数の優位性をそのまま戦況に反映したかたちで、タルシアン側が序盤から優勢にたった。

トレーサー隊はもっぱら母艦を背に、守勢にたった戦いを余儀なくされた。単体タルシアンが、けっして優位な武器を備えているわけではない。単体タルシアンは、赤いビームのみで闘っている。トレーサーに備わった電磁バリアが有効な盾となるのだが、立て続けに攻撃を受けると、バリアは破られてしまう。

複数のタルシアンに取り囲まれ、ビームの集中照射を浴び、トレーサーがひとつまたひとつと、暗黒の海に沈んでいった。

タルシアン側の優位が動かないまま、双方の消耗がじりじりと続いた。

装備した砲弾を撃ち尽くしたトレーサーは、補給を受けにいったん回収ゲートへと退却した。しかし、その補給交替も次第に困難になっていった。ゲートを守るトレーサーを確保するのが困難になってきたからだ。

総力戦の開始から一時間が経過し、補給交替を取る余裕は、まったくなくなってし

まった。最後の補給を一巡させ、回収ゲートは戦闘不能となったトレーサーの引き上げのみに使用されることになった。

ミカコは最後の補給を行った。

姿勢制御のガススカートリッジ、砲弾、ミサイル、急速バッテリーチャージ。それらの交換補給を手際よく済ませ、休む間もなくカタパルトから艦外へと飛び出した。

射出される瞬間、嘔吐しそうになり思わず顔を歪めてしまった。

襟に手をかけ制服のネクタイを弛めた。息が苦しかった。極度の緊張の連続で、うまく呼吸ができなくなっていた。吸っても吸っても酸素が肺に行き届かない。

「あと、どれだけ?」

見回した。

銀色の甲羅がうようよいた。

倒したタルシアンの数を、十までは数えていた。その先はもう覚えていない。まだ、二十は超えていないはずだ。

とっくにエース級の働きをした。

しかし、ミカコひとりががんばっても、どうなるものでもない。

すこしも減ったように見えないタルシアンの頭数に、ミカコは無力感を覚えた。終わりのない闘い。いや、終わりは確実に近づいている。最後の補給と決めた砲弾を、すべて使い終わったときがミカコの闘いの終わりだった。

——総司令官、こんどは逃げないの？

もう、ショートカット・アンカーも、自力のハイパードライブも使えないことは、ミカコにもわかっていた。どこにも逃げ場はなかったし、誰も救けに来てくれはしない。

——闘って、最後まで闘って、人類の誇りをタルシアンに見せつけてやるの？

わからなかった。司令官がなにを考えているのか。いったいこんな闘いになんの意味があるのか。

ミカコは飛び出した。

リシテアを守るトレーサーの数は、もう五十を切るほどに激減している。おそらく、他の艦船も似たような状況だろう。

ミカコは、リシテアを離れ、闘いの最前列へと躍り出た。

タルシアンが束になって襲いかかってくる。ミサイルを、バルカンを叩きつけ、すぐさま離脱する。

リシテアへ向け反転したとたん、星空がすさまじい光で覆われた。

対峙していた母艦と大タルシアンが、主砲を撃ち合ったのだ。

ミカコは闘いを忘れて、その光景に見入ってしまった。

タルシアン側の最前列と、艦隊の九隻の母艦とがほぼ一対一に向き合って、互いに高出力のビームを撃ち合っていた。タルシアン側が放つ赤いビームと、艦隊が放つ青いビームとが中途で激突し、盛大にスパークしている。まるで力比べでもしているかのように両者が放つビームは、一歩も相手に進路を譲ろうとしない。

ビームを放ち続けながら、大タルシアンの船団はスクラムを組むようにして艦隊側へ迫ってくる。両陣の距離が、みるみる縮まっていく。

——どうなるの？

タルシアン側はなにをしようとしているのか？

照射距離を詰め、ビームの出力ロスを最低限に留めようとでもいうのか？

信じられない光景が目前に展開されようとしていた。タルシアン側は限りなくゼロに近い距離まで接近を続けた。遠目に見ると、敵味方が艦の鼻っ面を突き合わせ、合体してしまったかのようだ。互いの放ったビームが、相手を包み込むように表面を這い回る。

恐ろしい光景だった。

もうこうなっては互いに身動きがとれないし、別な艦が脇間から接近することもできない。先に力尽きたほうが致命的なダメージを受けることになるだろう。

最初に音をあげたのは、タルシアン側の一体だった。

巨体全面が閃光を放ち眩しいくらいに輝くと、一瞬空気を吹き込まれたゴム風船のように膨れ上がり、いくつもの光の粒となって闇の中に弾け飛んだ。

すぐまた別な衝突場所で、大タルシアンが破裂を起こした。

——すごい。艦隊が勝ってる！

しかし、バスの空席を埋めるようにして、タルシアン側は背後で出番を待っていた大タルシアンを繰り出してきた。タルシアン側は、控えをまだいくらでも補充できる。

恐ろしい消耗戦だった。根負けしたら、母艦まるごと一隻、消滅してしまうのだ。

捨て身の攻撃だった。

だが、タルシアン側がそうまでしなければならない理由はどこにある？

大タルシアンが、立て続けに消滅していく。このままで闘いが推移すれば、艦隊側に逆転勝利の可能性が出てくる。

——勝てるかもしれない！

絶望視していたこの闘いに、逆転勝利の可能性がほの見えてきた。

──よし、あとはリシテアさえ守り抜けばいい。

ミカコはまた、最前線に躍り出た。

手こずったあげくようやく二体を沈め離脱してくると、様相が一変していた。タルシアン側の控えが、もうあと数隻余すのみとなっていた。それはいいとして、艦隊側の様子がおかしかった。

白いはずのコスモナートの表面が、どの艦も真っ赤に灼熱しているのだ。耐熱装甲が、限界に達しようとしていた。

──お願い、耐えて！

ミカコの祈りは届かなかった。

コスモナートの一隻が、ついに融解しはじめた。

表面の耐熱装甲が融解剥離し、一瞬炎を噴き上げたかと思うと、烈光を迸らせすまじい勢いで爆裂が起こった。

「あっ、沈んでいく」

悪夢の連鎖が起こった。

すでに臨界に達していた隣接艦が、飛散した裂片を浴びて誘爆を起こした。

「あっ、艦隊が、全部沈んでいく」

一列に並んだ艦隊が、ドミノ倒しのように順次弾け飛び、すべてが崩壊し消滅してしまうまで、一分とかからなかった。

光の洪水が止んだとき、静寂の空間に生き残っていたのは、敵方一体の大タルシアンと、無傷で後方に構えていたリシテアのみだった。

旗艦リシテアが、前衛を失い裸で相手と向かい合っていた。

大タルシアンが、躊躇なく進み出てきた。

愚直に同じ攻撃を仕掛けてくるはずだ。

——リシテアもやられてしまう。

——ダメ。もう十分だよ。もう、たくさん。みんな死んじゃうよ！

ミカコは泣いていた。

泣きながらリシテアに接近していった。

——わたしがリシテアを守る！

リシテアの上部甲板面に躍り出たミカコは、真正面から接近してくる大タルシアン

を見据えて正対した。

涙を拭い、息を整えて待った。

リシテアが、左右舷側に並んだビーム砲の砲塔を迫り出した。

ほぼ同時だった。リシテアが全門いっせいにビームを放ち、大タルシアンもまたビ

ームを放った。

ミカコはブースターを噴かせた。

最後の大タルシアンめがけて猛スピードで突進していった。

ミカコの突撃を察知し、単体のタルシアンが次々と進路に立ちはだかってきた。

ミカコはありったけのミサイルと砲弾を撃ち込み、目前の敵を薙ぎ払っていった。

大タルシアンからのビーム波を掻い潜り、ミサイルと砲弾で撃ちもらした単体タル

シアンもすべてブレードで仕留め、ミカコは驚異的な運動能力と反射神経を発揮して

大タルシアンに迫った。

しかし、ミカコがまったく無傷だったわけではない。

敵の応戦も熾烈を極めていた。立ち塞がる単体タルシアンのビームを何度も浴び、

ついにバリアを破られた。次の瞬間、片腕をもぎ取られていた。

バランスを崩しスピンアウトしそうになったが、空になったミサイルランチャーを

片側脱離し立て直した。姿勢制御用ガスカートリッジの残量がわずかになった。

——もういらない。

使い果たした電磁バリア用のバッテリーパックも捨てた。いらなくなったものを次々と捨て去り、身軽になって制御の負担を軽くした。

大タルシアンの鼻先が目前に迫った。

もう行く手を邪魔する者は誰もいない。

正面スクリーンと機載コンピュータの電源だけを残し、ミカコは機内の電源スイッチを片っ端からオフにしていった。

一瞬の静寂。

ブース内が闇に包まれた。

――いま！

最大出力を放出し、ビーム・ブレードを最大長に抜いた。

鼻先にブレードを押し当て、ブースターを最大に噴かし込み、大タルシアンの銀色の背を切り裂いていった。

尻尾の噴射口まで、縦一文字に巨大な体を切断し終えたところで、ブースターの燃料が尽きた。ブレードに供給した電力も使い切ってしまった。

トレーサーは、ただ慣性のみで、大タルシアンから離脱していった。

背後に爆発が起こった。大タルシアン最後の一体が消滅した瞬間だった。

攻撃も防御も移動も、ほとんどすべての機能を失ったトレーサーは、片腕を失った痛々しい姿をさらして、宇宙を淋しく漂った。

ミカコはぐったりとシートにもたれかかり、目を閉じた。

――ノボルくん。ミカコは生き残ったよ。

閉じた瞼から、涙があふれ落ちた。

2056年3月　さいたま航宙自衛隊基地

ぼくは、タクシーの中で混乱していた。

あらゆる意味で混乱していた。

夜中に呼び出されたことに。

艦隊勤務は、まだずっと先なのにってことに。

せっかく帰ってきたばっかりなのにっていうことに。

それに、行先が都内にある国連宇宙軍日本支部事務局じゃなくて、さいたま航宙自

衛隊基地だってことに。

そしてなにより、番組中に流れた速報ニュースに。

シリウスで戦闘があったのだという。リシテア艦隊とタルシアンの軍団が、全面衝

突したのだという。結果、リシテア艦隊は勝利を収めたが、多数の犠牲者も出たとい

う。

惑星アガルタからの第一報で、情報は錯綜（さくそう）していた。

詳細な情報を知りたくて、ニュース番組をつけっぱなしにしているところに呼び出

しがかかった。タクシーの中でもラジオのニュースに耳を傾けた。

多数の犠牲者ってところがなにより気がかりだったが、続報が入り艦船のうちリシテアのみが無事で、残りの九隻は消滅してしまったらしいということになり、一気に気分は落ち込んでしまった。

昼間、長峰からのメールが届いたばっかりだったというのに。

公式な生存者名は、まだ発表されていない。そもそも、選抜メンバー自体が公表されなかったのだから、仮に国連宇宙軍には伝わっていたにしても、一般公開はされないのかもしれない。ただ、生き残った隊員が各自打ったメールから、情報は得られる。

そうやって各メディアは独自の調査で生存者名簿を発表しはじめていた。

耳をすませて聞き入ったがミカコの名前はまだなかった。

携帯が鳴らないのも気がかりだった。

ただし、ミカコの母艦がリシテアだったことが、いくらか気休めになっていた。

基地に到着すると、本部棟に案内された。

ここもまた、混乱している様子で、呼び出しを受けた職員たちが右往左往していた。二十人近い人数の職員が書類を持ってあっちのテーブルこっちのテーブルと駆け回っていた。ここに、情報が集積されている

らしいことはわかった。

ぼくは、不安を抱えたまま隅のほうでおとなしくしていた。

それにしても、呼び出したのは誰なんだ。

職員たちの口から飛び出す言葉に耳を傾けていると、どうやら救助に向かうということらしい。国連宇宙軍がリシテアからの要請に呼応して、緊急の救助隊を派遣することになった様子だ。

だけど待てよと思った。

情報が届いたのは今でも、戦闘が起こったのは八年七ヶ月前のことだ。いまさら救助隊を派遣したって、遅すぎる。助かる者も助からない。

ただ、よくよく話を聞いていると、救助が有効なケースも考えられることがわかった。

リシテアが航行不能状態に陥っていて、リシテア内、もしくは衛星アガルタ上で生存者がサバイバル生活を送っている場合。あとは、航行は可能だが亜光速エンジンにトラブルがあり、太陽系まで到達できないでいる場合。

しかし、いずれにしろ、情報を確定させないことには、身動きが取れない。

情報が整理されはじめたのは、夜中の三時を過ぎたころだった。

２０５６年３月　さいたま航宙自衛隊基地

そのころになってようやく、呼び寄せた本人もぼくを呼び寄せたことを思い出す余裕を取り戻したようだ。

「やあ、艦隊勤務が決まってる寺尾昇くんだね」

話しかけてきた中年男は、黒い服を着ていた。

ひょっとしたら、ミカコの話に出てきたエージェントさんかなって思った。

思っていたとおり、救助隊の一員として勤務についてほしいということだった。

「それで？」

と行き先を聞くと、まだ確定してないけれど、とにかく月面のベースキャンプから出発することになるから、うちのシャトルに乗ってすぐにでも向かってくれと。

どうして行き先がわからないのかと尋ねると、困ったような顔をした。

「シリウスからの電波の状態が良くないんだ。リシテアが亜光速航行で帰還の途についたことは確からしいんだけど、ノイズによる虫食い状態でかんじんの向かってる先がわからないんだ……」

「でも、太陽系内だったら、だいたい各衛星に基地があるでしょう」そう聞くと、

「そうなら心配はしていない。最悪のケースを想定しての派遣だよ」と、わかったようなわからないような返事。

「じゃあ、次の連絡を待てばいいじゃないですか」と聞くと、

「もうリシテアは出発してるんだよ。亜光速航行に入ったら通信不能になってしまうってことを大学で習わなかったのかね。たしかきみは通信技師として艦隊勤務につくはずだったんじゃなかったかね」と。やぶへびだった。

どこへ向かっていいのかもわからないなんて、救助になるんだろうか？

とにかく、ぼくは急遽、月面基地へ向かうことになった。

追い立てられるように、発射台へ向かうワゴン車に押し込まれた。

そのとき、たったひとつの手荷物だった携帯が鳴った。

長峰からのメールだった。

2047年9月　リシテア

ざわざわとした喧騒（けんそう）に起こされ、ミカコは目を覚ました。

周囲は明るかった。トレーサーのブース内でないことは確かだった。

「あ、起きたのね。いいよいいよ、じっとしてて。特に外傷とかなかったから。もちろん起きてもかまわないんだけどね」

ベッドの傍らにいたサトミが話しかけた。

「あ、サトミさん。無事だったのね」

周囲に目をやりながらミカコはいった。リシテア艦内、メディカルルームにいるらしい。簡易ベッドがいくつも並べられている。

「なに寝ぼけたこといってるのよ。無事に決まってるでしょ。でなきゃ、誰があんたのトレーサーを回収したっていうのよ」

「そうだったかしら。よく、覚えていなくて」

「医療スタッフに打ってもらった、精神安定剤が効きすぎたのかしら。でも、ちゃんと約束守ってくれたね。ありがとう」

「約束って……？」

きょとんとした顔で聞いてくる。

「いやだ、それも覚えてないの。ほら、無事だったら真っ先に連絡するって。ほんと、心配だったんだよ。スクリーン上ではあんたの動きは把握してたんだけど、特攻かけたあといくら呼びかけても応答なかったでしょ。ほんと、気をもんだよ」

「そう、バッテリー確保するのに、通信回路も遮断してたから……。でも、ほんとうに終わったのね。まだ、単体のタルシアンが残ってたから、心配だったんだけど」

「回収しに行ったときには気失ってたんに、なにも知らないのは無理ないけど、おかげさまで最後のでかいやつがやられたとたんに、みんな尻尾を巻いてどっかへ消えていったわ。とにかく、ミカコには感謝しないとね。それに、生き残れたことだけでも

「……」

サトミはそういうと唇をぎゅっと噛んだ。

「リシテアを守ってくれて、ありがとう。あれでリシテアまでやられてたら、目もあてられなかったね。あとは、ロビンソン・クルーソーみたいに、アガルタでサバイバル生活しながら地球からの救助を待つしかなかったものね」

サトミは、ミカコの手をぎゅっと握りしめた。

「わたしはただ、自分が生き残りたかっただけ。何人くらい生き残れたの?」

「操艦クルーで助かったのは、もちろんリシテアの面々だけ。トレーサー乗りは、他の艦の分も全員回収したから、百七十二名。予備のガレージも含めて百三十までしかトレーサーの収納スペースがなかったから、もったいないけど破損状態のひどいものから廃棄しちゃったけどね。当然、あんたの愛機もだけど……」

約千人いたオペレーターが、百七十二人に。

その激減ぶりに、ミカコはあらためて戦禍の甚大さを思い知らされた。

「わたしたち、これからどうなるの?」

「さあ、それは総司令官が決めることだけど、たぶん、あの人の判断でいったん退却することになるんでしょうね。任務は完了していないけど、こんな状況じゃ、これ以上探索の旅を続けるのは無理でしょう。それに、今度また彼らと出会ったら、同じことの繰り返しになっちゃうからね。今度戦ったら、それこそ全滅間違いなしね」

「じゃ、帰れるかな……?」

希望の芽吹きに触れ、ミカコは急に声を弾ませた。

「たぶん、それしかないでしょ」

サトミは肩をすくめてみせた。

２０４７年９月　リシテア

ロコモフ総司令官自ら選抜メンバーの前に姿を現したのは、異例のことだった。ランチルームが説明会場に選ばれたのだが、他艦所属のオペレーターも加わったため に手狭となってしまい、テーブルはすべて片付けられていた。それでも人数分の椅子が並びきらず、立ち見の者も多数出ている。

メディカルルームにいる負傷者を除いて、ほとんどのオペレーターが出席していた。ミカコもサトミに付き添われて参加していた。戦いの疲労感と多くの仲間を失ってしまった悲し

国籍の雑多な人種の若い女性たち。見知らぬ顔の方が多かった。雑多な

みで、みな一様に沈み切った暗い表情をしていた。

「まず、今回の闘いで、尊い命を落とされた隊員の方々の、ご冥福をお祈り申し上げます」

ロコモフ司令官は会場を見渡し、日本語でそう切り出した。

「また、闘いに加わったみなさんのご健闘にも感謝します。みんなよく闘ってくれました。みなさんの奮闘の結果、艦隊は勝利を勝ち取ることができました」

ぱらぱらと、冷めた拍手がまばらに起こった。

「しかしながら、艦隊は多大な犠牲を払うことになりました。残念ながら、艦隊任務

を維持継続することは極めて困難となりました。わたしは、艦隊総司令官の権限をも

って、すみやかな退却を決意しました」

盛大な拍手と歓声が上がり、ランチルームは喧騒に包まれた。

ミカコとサトミも、手をとりあって喜んだ。

「負傷者のなかには、一刻を争う重篤者もいます。直ちに地球へ向けリシテア号は帰

還します。しかし、帰りの旅は長期間にわたることになる。今回の戦闘で、リシテア

も軽微ながら損傷を受けている。艦体に負担をかける航法は避けなければならない。

そこで、地球に救援を求めることにした。我々は、地球に救援の信号が届く八年七ヶ

月の時間をめいっぱいに使って、地球へ向けての移動を試みる。航法コンピュータの

支援で、シリウスと地球を結ぶ線上にあるアンカー・ポイント〈シリウスラインa〉

まで到達できることが確認されている。〈シリウスラインa〉は地球から二・一光年

の距離にある。従って、我々は六・五光年を八年七ヶ月かけて旅することになる。な

お、相対論的効果により、亜光速航法中の艦内経過時間は、加速・減速期間も含めた

約四年。出発は三時間後。我々クルーは直ちに航法準備にかかる。きみたちは出発ま

で自由に過ごしてかまわない。では……」

ロコモフ司令官は用件だけを言い残し、気ぜわしげにランチルームを去っていった。

二十四歳のノボルくん。

十五歳のミカコだよ。

きっと、アガルタでの会戦のこと聞いてるよね。

わたしは生きてるよ。

そして、とってもハッピーだよ。

ずっとずっと願っていた、地球へ帰れる日が、やっと決まったんだよ。

このメールが届くころ、ミカコは〈シリウスラインα〉というアンカー・ポイントにいます。

そこから地球までは、きっと救助隊が運んでくれることでしょう。

やっと会えるね、ノボルくん。

会えたらミカコは、ノボルくんに直接伝えたいことがあります。ずっとずっと言いたかったこと。

でも、メールでは教えないよ。

もうすぐリシテアは出発します。

二十四歳のノボルくんは、どこでなにをしてるのかな？

旅の四年間、ミカコは、二十四歳のノボルくんを、退屈

しのぎに毎日想像して過ごすことにします。

今度会うとき、ミカコの主観年齢は十九歳。

どんな娘になっているか、会ったときのお楽しみ。

それじゃ。

いまはまだ十五歳のミカコより

2056年4月

救助艦

八年って年月は、短いようで長い。

とりわけ科学技術の分野においては。

宇宙軍の月面基地には、防衛大の研修で二度ほど、院生になって、セミナーに出席する教授のお供の助手の、そのまたお供として一度、立ち寄ったことがある。新型のコスモナートにお目にかかれたのは、院生のときの腰巾着旅行がはじめてで、それからまだ一年もたっていない。

そのときは、格納庫の壁に張り付いた観光客用の見学コースとして設けられたキャットウォークから見下ろしただけのことで、なんで一般人扱いなんだよと艦内を覗かせてもらえなかったことが悔しくてしようがなかった。

その新型コスモナートに、乗員の一員として乗れるという夢のような話が現実になったのだから、実物を目の前にしてついうっとりと見惚れてしまったとしても、誰にも非難できないと思う。乗艦するまでの二、三分、正直いって長峰のことはすっかり忘れてしまっていた。

新型のコスモナートは、従来型にくらべ見た目はひとまわりコンパクトになっているのだが、逆に内部の居住空間は拡充されている。駆動系に大幅改良がなされ、小型化高性能化されたからだ。エンジンがパワーアップしたおかげで、自律ハイパードライブの到達距離が飛躍的に向上した。一回のワープで、最大三光年先までジャンプ可能になっていた。

おまけにもうひとつ、最新技術ということでいえば、コスモナートにはまだ開発段階ではあるが、超光速通信システムが備わっているのだ。

通信技師の補助要員として召集されたぼくは、たぶんその最新の通信システムにも触れるチャンスがあるだろうと、乗艦前からわくわくしていた。

発艦の準備が整うまでに、今回同乗するベテラン乗員たちと引き合わせてもらった。新規に搭乗するのは、ぼくと一部医療スタッフくらいで、あとの面々はそれこそ何十回となく太陽系を行き来したことのある古株揃いだった。

待ってる間に艦内服と着替えの下着など、身の回り品の支給を受け、ハンス・シュタイナーというドイツ人の先輩通信技師からは艦内案内図入りの小冊子を渡され、艦内生活のおおまかな決まりごとを教えてもらった。救助にいくというのに、ちょっとした家族旅行にでも出かけるような、はしゃいだ気分がこみ上げてきた。

前夜呼び出しをくらってから、よくよく考えると一睡もしてなかったのだが、アドレナリン出っぱなし状態で、ふらふらしながらも眠気はまったく感じなかった。

出発の準備がすべて整い、乗艦が許されたのは、その日の夕方だった。

本来の目的を思い出したのは、月面基地を離れて一週間たってのことだった。

新型コスモナートは、火星軌道と木星軌道の中間域、ハイパードライブ無規制域へ向け巡航していた。救助隊といえども安全航行のための決まりは守らなければならない。

その間ぼくは、艦内の諸事情と与えられた仕事を覚えるのに必死になっていた。もちろん、年齢的にも乗員の中では一番の若造だったこともあったし、巡航中はかくだんすることもないとあって、古株連中は新入りのぼくをからかって、どうでもいいような用事を押しつけては楽しんでいた。

艦と乗員と仕事についてひととおりのことを覚え、古株たちからも飽きられて用もないのにいちいち呼び止められることもなくなって、ぼくはようやく本来の居場所、通信室に長居できるようになった。

リシテア号のことが気になった。

通信室は艦橋の一区画をなしていて、艦橋に集約される全情報の一部を他部署に優

先して共有している。艦載の諸観測機から得られるデータもその一部で、リシテアの現在地を確認できるようなデータが呼び出せないか、いろいろ試しもし、シュタイナー先輩に尋ねもしたのだが、二光年以遠にいる移動体を確認できるだけの精度をもった観測機器は、残念ながらこの艦には備わっていなかった。

ひょっとしたら邂逅地点に予定より早く着きすぎて、救助はまだなのかと、先方はやきもきしているかもしれない。それを思うと、まだ見習いの身であり、これといって任された仕事を持たないぼくには、手持ち無沙汰の時間がたまらなく長く感じられた。

どこで聞きつけたのか、古株連中の間に、長峰の名前が知れ渡ってしまっていた。

またぼくは、寄ってたかってからかわれることになった。

恋人なら写真持ってるんだろう見せろ、とか絡まれて、そんなんじゃないって撥ね除けはしたけれど、その日のうちに長峰の写真は艦内を一巡していた。

まあ、同じ艦隊所属なんだから、見ようと思えば端末から簡単に呼び出せるわけだけど。プリントアウトされた長峰の顔写真は、回りまわって最終的にぼくのもとへとやってきた。おそらく入隊直後に撮られたのだろうその写真に、長峰は中学の夏の制服のまま写っていた。

実はぼくは、長峰のまともな写真を一枚も持っていなかった。中学の卒業アルバムのクラスの集合写真に、アルバム編集前にいなくなった長峰の姿はなかった。他の転校生たちと同様の扱いで、同じページの隅の方に丸く囲われて小さく、申し訳なさそうに写っているのが唯一ぼくが持っている長峰の顔写真だった。たぶんそのアルバムは実家の押入れかどこかの段ボール箱の中に、卒業証書といっしょに眠っているはずだ。

そう、防衛大の学生寮に入寮して以降、卒業アルバムは見てないことになる。

思いもかけない状況下で、長峰の顔写真と遭遇することになって、ぼくは狼狽した。

鮮明に撮られたその写真で、長峰はちょっと緊張ぎみに表情を硬くしていた。

時を経てぼくの前に現れた長峰は、痛々しいほど幼く感じられた。

もう何日かで、本物の生身の長峰に会える。

この写真より数歳成長した姿で。

久々に目にした長峰の姿に、ぼくは過ぎ去った九年の時の長さと重みを、あらためて実感していた。

出発十日目、ようやくハイパードライブ無規制域へ到達した。

初めてのハイパードライブ体験。

どのみち新人のぼくにとって、艦内で起こることのあらかたは初体験ということになるのだが、ハイパードライブ体験はなかでも格別の新鮮さだった。

ワープアウトすると、すぐさま仕事が待っていた。

リシテア現在地の確定作業。

及び、リシテアへの到着の連絡。

リシテアはすぐに見つかった。

邂逅地点〈シリウスラインα〉へ向け、最終減速に入っている。

到達予定日は五日後。リシテア側が立てた航宙計画から三日の遅れとなっていた。

八年七ヶ月の旅程全体からみれば、わずかな誤差。とにかく待たせずにすんでよかった。

予定日まで三日となってようやく、リシテアとの通信も可能になった。リシテア艦長及び総司令官と救助隊長との間で、しきりと交信がなされた。受け入れの準備は着々と整っていった。

ちょっと気が早いかもしれないけど、ぼくは試しに長峰にメールを打ってみた。

長峰の居場所も特定できている、間違いなく届くはずだ。もう数日我慢して、突然

ない。

長峰の前に姿を現し、驚かせるつもりでいたのだが、古株の隊員たちに先を越されてぼくがここにいることをばらされでもしたら、せっかくの再会をぶち壊しにされかね

長峰へ

ぼくからのメールはひさしぶりのことで、きっと驚いていると思う。

帰還決定のメール、届いたよ。

話したいことはいっぱいあるけど、会えたときのためにとっておきたい。それに、ほんとにぼくにとっても久々のメールで、どう語りかければいいのか、僕自身がとまどっているんだ。

ぼくはいま二十四歳で、長峰は十九歳。

十九歳の長峰にどう語りかければいいのか、それがわからない。リシテアにいる長峰がずっと二十四歳のぼくを

想像して待ったように、二十四歳のぼくもほんの短い間だけど、十九歳の長峰を想像して過ごしている。

ぼくにしてみれば、この九年近く十五歳のまま十五歳の思いのまま生きてきた長峰が、急に大人になって帰ってくるっていうんだから、混乱して当然だと思うよ。でも、そんなことどうだっていい。

会えるってことだけで、奇跡みたいなものだって思う。

十九歳の長峰に、どんなふうに話せばいいのかは、会ったときに考えればいいことだからね。

とにかく再会の日は近い。

きっとびっくりするほど近いはず。

　　　　　　　　　　我に秘策あり……寺尾昇

ノボルくん。

十九歳のミカコだよ。

退屈な毎日も、もうすぐ終わろうとしています。

きのう、ノボルくんからのメールを受け取りました。まだわたしはリシテアにいるのに、どうしてノボルくんからのメールが届くのか、不思議に思いました。

でも、その前にすごくうれしかった。

十五歳の女の子の、昔のクラスメイトの出したメールなんて、二十四歳のノボルくんがまともに取りあってくれるはずないって思っていたから。

わたしにとっては一瞬のことだった、十五歳の日々に、九年間、根気強くつきあってくれてありがとう。

二十四歳のノボルくんには追いついてないかもしれないけど、わたしも四年分、このリシテアの中で成長しました。

いまわたしは十九歳です。

ほんとはきのう、すぐに返事をしようかと思ったけど、わたしも混乱して、けっきょくすぐには返事が書けませ

んでした。

ノボルくんのメール、謎だらけでした。

せめて、いまなにをしてるのかくらい書いてあれば、二十四歳のノボルくんを想像しやすかったのに……。

それに、秘策っていうのもわからないし。

あした、救助艦と遭遇できるはず。

その準備でわたしも忙しく働いています。

ひとつ質問。ノボルくんは十五歳と十九歳、どっちのミカコに会いたかったの?

わたしは、二十四歳のノボルくんに会ってみたいよ。

救助隊と遭遇できてからの予定は未定。

また、連絡するね。

混乱の十九歳、ミカコより

2056年4月

シリウスライン α

寺尾昇は、多少後悔していた。

百七十二人という収容人数を甘くみていたのだ。

長峰美加子との再会を、劇的にかっこよく決める気でいたのに、現実はそうは思い通りに運んでくれなかった。

艦体同士をドッキングさせ通用ゲートを確保し、いざ収容がはじまってみると、怒濤の勢いで若い娘たちがてんでに押し寄せてきた。

部屋はどこなのかとか、なにか飲み物をちょうだいとか、若いノボルを摑まえてはおもしろがって勝手な要求をつきつけてきた。

収容がはじまって二時間、傷病者の搬送をふくめてどうやらオペレーター百七十二名全員の収容は完了したらしいのだが、まだまだ混乱は収まる様子を見せない。

なにしろ新入りなのだから、通信技師という本来の仕事にはおかまいなしに、空き部屋へ案内しろ、艦内服運んでやれ、洗濯物を回収しろ、ついでにおれの肩を揉めと、古参の隊員にいいようにこき使われる。

長峰の姿を探すどころか、ただもうやみくもに艦内を走り回っているだけで、休憩さえろくにとれない。もちろん、そうした混乱の最中にも、長峰の姿はないかと行きかう娘たちの顔をひとつひとつチェックしてはいたのだが……。

そんなノボルの様子を見かねて、そらそこで休みなと、自動販売機の缶コーヒーをおごってくれたありがたい先輩がいた。

お言葉に甘えてノボルは、通路に設置された自動販売機の横のベンチに腰掛けた。

――長峰、どこにいるんだよ。

情けない顔をして、コーヒーを喉に流し込む。

長峰にいいところ見せようとはりきって着込んでいた宇宙軍の真っ白い制服だったが、ズボンの裾は擦れおまけに汚れてしまっている。

息を楽にしようと、詰襟のホックを外した。よけいだらけた格好になってしまう。

――まあ、焦ることもないか。艦内にいることは間違いないんだし。

もう一口コーヒーを流し込み、ほっと息をついたとき、携帯が鳴った。

長峰には違いなかったが、いままでにになく短い文面だった。

ノボルくん。

わたしはここにいるよ。

　　　秘策って？　のミカコより

驚いて顔を上げ、周囲を見回した。

「ここにいるよ。ノボルくん」

聞き覚えのある、なつかしい声。

廊下の端に、こっちを見つめている女性がいた。

看護スタッフの制服を着ていた。

手にした携帯を振って見せ、ゆっくりと近寄ってきた。

「やっと会えたね、ノボルくん」

長峰美加子が微笑んだ。

「ああ……」

照れ臭くて直視できなかった。

「長峰、背伸びたな」

なにか気のきいたことを言おうと思ってなにも思い浮かばず、どうでもいいようなことを口にしてしまった。

「五センチ伸びたよ。ただし、体重とスリーサイズの増減はないしょだよ」

長峰は変わったけれど変わってない。

そんな気がしてノボルはほっとした。

2056年5月　階段上

入隊早々、日本の変則休暇、ゴールデンウィークに合わせて休みがとれるなんて、思ってもみなかった。休暇願いは出してみるもんだ。

ただし、出たばっかりの初任給から地球行きシャトルのチケット代を捻出しなければならなかったのは痛かった。

艦隊勤務にはだいぶ慣れた。といっても新型コスモナート恒星間宇宙戦艦には、あの救助劇以降まだ乗っていない。月面基地での研修が続いていて、乗艦勤務がはじまるのは、六月に入ってからの予定になっている。

長峰はというと、他の選抜メンバー同様、いったん艦隊を除隊になった。

この先どうするかは、実家でゆっくり休みながら、じっくり考えるんだといっている。また、艦隊勤務を希望することになるかもしれないけど、トレーサー乗りだけはもう御免だともいっていた。ロコモフ司令官は長峰の腕を高く評価していて、やめるのはもったいないと、慰留に努めたらしい。

あのとき看護スタッフの制服を着ていたことから察しがつくとおり、同じ艦隊勤務

なら、看護スタッフがいいといっていた。アガルタからの帰途、長峰は退屈を紛らわすために医療スタッフや看護スタッフの手伝いをやっていた。もちろん資格はないけれど、実務的なことは四年間ですっかり吸収し終えていた。

医療関係の資格をとるために、学校通うのも悪くないかなともいっていた。なにしろ、長峰は戸籍上の年齢は二十四歳だが、主観年齢は十九歳なのだ。なにかをはじめるのに十分な若さだといっていい。

まったく話は違うのだが、第二次タルシアン探査隊の参加メンバーの募集は、まだはじまっていない。

計画の見直しが、なされているらしい。

アガルタでの戦闘に参加した長峰からの、報告を受けての変更ということらしい。

長峰がアガルタで見た幻影、そして「託したいの」のメッセージをどう解釈すればいいのか……。むろんこれが長峰ひとりの身に起こったことだったら、夢や幻聴で片づけられてしまったところだろうが、戦闘開始前に多数のオペレーターが同様の体験をし、同じメッセージを受け取っていたのだ。

たしかに、アガルタでは壮絶な闘いが繰り広げられたのだが、彼らが本気で人類と闘おうとしていたのかどうかは疑問の残るところだった。戦闘の一部始終を記録した

映像を丹念に解析していくと、タルシアン側は徹底しては闘っていないのだという。タルシアンは、まったく別な理由と目的で、人類に接触を求めてきたのかもしれない。

そもそものスタートが間違っていた可能性が、一部報道関係者の間で囁かれている。タルシス遺跡の爆発は、遺跡の触れてはいけない部分に人類が触れたために引き起こされた不幸な事故だったのではないか。タルシアンがその場に居合わせたのは、偶然もしくはまったく別の目的のためだったのではないかというのだ。

タルシアンによる襲撃があったとの発表は、この事故を政治的に利用しようとした勢力による、捏造、あるいは事実の歪曲だった……。

もちろん、こうした噂や報道は、当初からなくはなかったが、法的規制のもとに取材が制限され、真実が解明されるには至らなかった。いままた二度目のタルシアンへの対応を、「間違っていなかったのか？」と、根底から見直してみようといった気運が高まりつつあった。

ジャーナリストたちの綿密で精力的な取材で、「事故説」を裏付ける当時の関係者たちからの証言が徐々に得られている。すべては、国連宇宙軍を自国の主導権のもとに設立運営し、タルシアンのテクノロジーを独占してきた、米国政府の仕組んだシナ

リオだったのではなかったか……?

もし仮に、彼らのメッセージ「託したいの」を言葉どおりに解釈すれば、彼らタルシアンは、我々人類を遠い宇宙へ誘おうとしていることになる。そして、銀河系宇宙の仲間として迎え入れようとしていることになる。なのになぜ、彼らは友好的な接触を試みて来なかったのか? いや、彼らは友好的だったのに、我々が態度を頑なにし、必要以上に彼らを恐れた結果、不幸な出会いが生じてしまったというのだろうか?

「大人になるには痛みも必要だけど……」

タルシアンとの接触そのものが、人類が大人になるための試練であり、その接触で引き起こされた混乱やもたらされた犠牲が、痛みだというのだろうか?

彼らが与えた試練を乗り越えてはじめて、人類は宇宙レベルでの大人として認められることになるのだろうか――?

タルシアン探索計画の見直しの方向性として、第二次探査隊は当初の予定より規模を縮小し、その目的も主にアガルタの環境調査と遺跡の発掘調査に限定され、その呼称も「第一次アガルタ遺跡調査隊」と抑制のきいたものに落ち着くことになった。

真実はまだわからない。

依然として非常事態下に全世界の人々が暮らしていること、タルシアンが人類にと

って脅威的存在であることにもかわりない。

コンクリートの階段を駆け上りながら、様々な思いが去来していた。

長峰に、選抜メンバーに選ばれたと告げられた、夏の夕暮れどき。

待っても待っても届かない長峰からのメールを待ち続けた日々。

不届きにも、年下で美人の彼女を振ってしまった秋雨の日。

心を堅く閉ざし、大人になろうと誓ったこと……。

みんなみんな、この場所であった、忘れがたい思い出。

九年の時を経て、ぼくは九歳分、大人になった。

お互い、まったく違った環境で、違った試練を、乗り越えあるいはやり過ごして、

それぞれ大人になった。

そして、互いの祈りが通じて、奇跡のようにぼくらは宇宙で再会できた。

救助艦が月面基地へ帰還するまでの十日間、九年の空白を一気に埋め合わせようと、

ぼくらは寝る間を惜しんで語り合った。といっても、見習い業務の合間を縫って、そ

のまた合間に押しつけられる古株たちからの無理難題にもかたをつけて、やっと自由

になったごくわずかな時間を見はからっての船内デート、ふたりっきりになれる場所を確保するのにも一苦労だった。

あいかわらずだったのは、長峰が話し役でぼくは聞き役専門に回ったこと。

最初の二、三分はお互い、成長してしまった相手との距離感がうまくつかめず、他人行儀なよそよそしい話しっぷりだったのが、気がつけば昔のまんまの役割分担に自然とおちついてしまっていた。

もっぱら聞き役に徹しながら、九年ぶりに耳にする長峰の声を、ぼくは心地よい音楽を聞くように、うっとりと聞き入っていた。

月面基地で、ぼくらは別れ別れになった。長峰はシャトルで地球へ。ぼくはそのまま基地に留まって、艦隊勤務についた。緊急呼び出しで、入隊までの休暇をすべて使い果たしてしまっていたのだ。

一ヶ月ぶりの再会、しかもふたりが生まれ育った思い出深い地元での、業務やうるさがたに煩わされる心配のない、まったくフリーな一日。待ち合わせ場所が、指定しておきながらまだその場所にあるのかどうか、多少不安だった。寮生活をしていた六年間、この通りをぶらつく機会はまったくなかった。

だけど、階段を上りきったその場所に、バス停のプレハブ小屋は、まるでぼくらの

ためだけに時の経過に抗ってくれていたかのように、頑固に生き残っていた。

また六年分古びてしまって、ほとんど廃屋同然ではあったけれど。

道端に咲くタンポポの綿毛が、風に煽られ大空へ飛び散っていった。

誰もいない通りを、涼しげに風が吹き渡った。

小屋の前で歩調を整えおもむろに覗きこむと、長峰がベンチで待っていた。

ワンピースにつば広の帽子、初夏を思わせるいでたちで、白い腕が目に眩しかった。

剣道着でもない、ジャージでもない、制服でもない、私服姿の長峰を見るのは、はじめてだった。見違えるほど、大人びて見えた。

「どこ、行こう?」

「コンビニ行って、アイス食べたい」

わざと、子どもっぽい口調で長峰はいった。

「中学のおさらい?」

「きょう一日はね。それからあしたは、高校生コース……」

立ち上がると長峰は、スカートの裾を直した。

「二十四歳のノボルくんに追いつくのに、時間が欲しいよ」

小屋を出て、長峰は歩き出した。

時間が欲しいのは、ぼくのほうだった。

十九歳の長峰に追いつこうと、ぼくは後を追った。

「ほしのこえ」が届くまで

新海　誠

電車の高架線にほど近い今の部屋に越してきたのは、２０００年の夏のことだ。その頃は僕はまだゲーム会社に勤めていて、ちょうど「ほしのこえ」の最初のプロットを書いた直後のことだった。

新しい部屋の窓からは、細い道を挟んで向かいのマンションの窓が見えた。そこはどうも中学生か高校生の女の子の部屋のようで、時々窓をよぎる制服の影が見える。そしてその部屋は、向かいのマンションのたくさんの窓の中で、たいてい最も遅くまで灯りがついている部屋でもある。

深夜まで灯りのついている部屋を見ると、僕はもう十年以上昔の学生時代のことを思い出してしまう。親には「勉強するから」と言って部屋のドアを閉め、当然教科書なんて開かずにラジオの深夜放送を聴きながら海外ＳＦを読みあさり、茫漠とした宇宙の広がりに思いを馳せていたあの頃の時間。憧れとか不安とか寂しさとかいった感

情が今よりもずっと強く、手で触れられるくらいくっきりと胸の中にあった。学校の友達からも親からも聴くことの出来ない何か大切な「声」が、そういう深夜の時間には耳に届くような気がした。

さて、最初のプロットから1年後の2001年の夏、僕は5年間勤めた会社を辞めて「ほしのこえ」完成に専念することにした（ご存じない方のために補足させていただくと、僕が作ったオリジナルの「ほしのこえ」は25分のアニメーションである）。会社を辞めてまでこの小さな物語を完成させようと思った理由はいくつかあるのだけれど、一つの大きな理由としては、今度は自分自身が深夜の孤独な時間に「声」を届ける立場になりたいと願うようになったからだ。

2002年2月に初公開された映像版「ほしのこえ」は、幸運なことにそれなりの好意をもって迎えられ、DVDも望外のセールスを記録し、出会いにも恵まれ今回のようなノベライズ版も実現することとなった。そもそもは純然たる自主制作作品としてスタートした「ほしのこえ」だが、とても幸運な道を辿ることが出来たと感謝している。

今こうしてテキストを打っている時も、やはり向かいの部屋の灯りはまだ消えてい

ない。あの部屋に「ほしのこえ」が届くことがあるのかどうかは分からないけれど、ただ、僕は深夜の窓の灯りを目にするたびに、「誰かに声を届けたい」と真剣に願い続けていけると思っている。

2002年初夏

あとがき

大場　惑

担当者から資料として渡された原作アニメ『ほしのこえ』を初めて目にした時、三つのことに驚かされた。

一つは迫力ある戦闘シーンや光溢れる背景描写の美しさなど、アニメとしてのクオリティの高さ。一つはそのアニメ作品を新海さんがたった一人で完成させたこと。そして一つは、詩情豊かで完璧なストーリィ。

異星人とのファーストコンタクトをベースに、しかしメインテーマは時間と空間に引き裂かれていく少年と少女の心の交流と大人への成長過程。ストーリィを一言でまとめると、超遠距離恋愛の物語ということになる。

ガッチリしたSF的設定がなされていながら、誰もが我が身に引き寄せて楽しめるのは、携帯電話というごく身近なアイテムが、物語を突き動かす重要な役目を担っているからに他ならない。ただし、文字のみで、音声も画像も送れないこの携帯が、現

実の遠距離恋愛の何万倍もの拘束力となって、ノボルとミカコを結びまた隔てる。

もひとつ、日常を引き寄せる映像ならではの仕掛けがミカコの服装。中学の制服のままトレーサーに乗るのは、かなりな無理がある筈なのに、画像にして見せられると疑問を感じさせない。それどころか、ミカコの心情がストレートに伝わってくる。

原作は登場人物を絞り込むことで、短編としてのキレを生んでいる。ノベライズにあたってはそのキレ味を鈍らせてしまうことになると知りつつも、最小限の周辺人物を配して、物語を少しふくらませてみた。地上で無力に待つ身のノボルは、日常の時間経過に埋もれ、平穏な人間関係に染まっていく（もちろん、それじゃダメだと心を閉ざそうとするけれど）。その対比として、異世界へ旅立っていくミカコの置かれる環境には、男っ気なしという強引なシバリを加えてみた。

また、原作は二人の声がはるかな時空を超えて交差するハイライトシーンでエンディングを迎えるが、この本ではその先のソフトランディングの秘策とともに用意してみた。余計なお世話だとのそしりは覚悟の上で。

……とまぁ裏方的な解説はさておき、本書ノベライズ版『ほしのこえ』も、大いに楽しんでいただきたい。大人のあなたも切ない気分にひたされたとしたら、心のどこか片隅にまだ、中学生のころのピュアな自分が、大切に仕舞い込まれているから……。

最後になりましたが、原作者新海さんの更なる活躍を一ファンとして楽しみにしています。

2009年11月

小説 ほしのこえ

新海 誠=原作　大場 惑=著

平成28年11月15日　初版発行

発行者●郡司 聡

発行●株式会社KADOKAWA
〒102-8177　東京都千代田区富士見2-13-3
電話 0570-002-301（カスタマーサポート・ナビダイヤル）
受付時間 9:00〜17:00（土日 祝日 年末年始を除く）
http://www.kadokawa.co.jp/

角川文庫 20045

印刷所●株式会社暁印刷　製本所●株式会社ビルディング・ブックセンター

表紙画●和田三造

◎本書の無断複製（コピー、スキャン、デジタル化等）並びに無断複製物の譲渡及び配信は、著作権法上での例外を除き禁じられています。また、本書を代行業者などの第三者に依頼して複製する行為は、たとえ個人や家庭内での利用であっても一切認められておりません。
◎定価はカバーに明記してあります。
◎落丁・乱丁本は、送料小社負担にて、お取り替えいたします。KADOKAWA読者係までご連絡ください。（古書店で購入したものについては、お取り替えできません）
電話 049-259-1100（9:00〜17:00/土日、祝日、年末年始を除く）
〒354-0041　埼玉県入間郡三芳町藤久保 550-1

©Makoto Shinkai/CoMix Wave Films 2009
©Waku Oba 2009　Printed in Japan
ISBN978-4-04-102628-1　C0193

本書は、2002年7月にMF文庫Jとして、2009年12月にMF文庫ダ・ヴィンチとして刊行された作品を角川文庫化したものです。